孟繁华 主编

年百部
篇正
　典

不要问我 东西
歇马山庄的两个女人 孙惠芬
有爱无爱都铭心刻骨 方方

北方联合出版传媒(集团)股份有限公司
春风文艺出版社
·沈阳·

图书在版编目（CIP）数据

不要问我 / 东西著. 歇马山庄的两个女人 / 孙惠芬著. 有爱无爱都铭心刻骨 / 方方著. —沈阳：春风文艺出版社，2018.7（2022.1重印）
（百年百部中篇正典 / 孟繁华主编）
ISBN 978-7-5313-5505-2

Ⅰ. ①不… ②歇… ③有… Ⅱ. ①东… ②孙… ③方… Ⅲ. ①中篇小说—小说集—中国—当代 Ⅳ. ①I247.5

中国版本图书馆CIP数据核字（2018）第146283号

北方联合出版传媒（集团）股份有限公司
春风文艺出版社出版发行
http://www.chunfengwenyi.com
沈阳市和平区十一纬路25号　邮编：110003
北京一鑫印务有限责任公司印刷

选题策划：单瑛琪	责任编辑：张玉虹
封面设计：琥珀视觉	责任校对：于文慧
印制统筹：刘　成	幅面尺寸：145mm × 210mm
字　　数：154千字	印　　张：6.25
版　　次：2018年7月第1版	印　　次：2022年1月第4次
书　　号：ISBN 978-7-5313-5505-2	
定　　价：31.00元	

版权专有　侵权必究　举报电话：024-23284391
如有质量问题，请拨打电话：024-23284384

百年中国文学的高端成就
——《百年百部中篇正典》序

孟繁华

从文体方面考察，百年来文学的高端成就是中篇小说。一方面这与百年文学传统有关。新文学的发轫，无论是1890年陈季同用法文创作的《黄衫客传奇》的发表，还是鲁迅1921年发表的《阿Q正传》，都是中篇小说，这是百年白话文学的一个传统。另一方面，进入新时期，在大型刊物推动下的中篇小说一直保持在一个相当高的水平上。因此，中篇小说是百年来中国文学最重要的文体。中篇小说创作积累了极为丰富的经验，它的容量和传达的社会与文学信息，使它具有极大的可读性；当社会转型、消费文化兴起之后，大型文学期刊顽强的文学坚持，使中篇小说生产与流播受到的冲击降低到最低限度。文体自身的优势和载体的相对稳定，以及作者、读者群体的相对稳定，都决定了中篇小说在消费主义时代能够获得绝处逢生的机缘。这也让中篇小说能够不追时尚、不赶风潮，以"守成"的文化姿态坚守最后的文学性成为可能。在这个意义上，中篇小说很像是一个当代文学的"活化石"。在这个前提下，中篇小说一直没有改变它文学性的基本性质。因此，百年来，中篇小说成为各种文学文体的中坚力量并塑造了自己纯粹的文学品质。中篇小说因此构成百年文学的奇特景观，使文学即便在惊慌失措的"文化乱世"中也取得了令人瞩目的艺术成就，这在百年中国的文化语境中不能不说是一个奇迹。作家在诚实地寻找文学性的同时，也没有影响他们对现实事务介入的诚恳和热情。无论如何，百年中篇小说代表了百年中国文学的高端水平，它所表达的不同阶段的理想、追求、焦虑、矛盾、彷徨和不确定性，都密切地联系着百年中国的社会生活和心理经验。于是，一个文体就这样和百年中国建立了如影随形的镜像关系。它的全部经验已经成为我们最重要的文学财富。

　　编选百年中篇小说选本，是我多年的一个愿望。我曾为此做了多年准备。这个选本2012年已经编好，其间辗转多家出版社，有的甚至申报了国家重点出版基金，但都未能实现。现在，春风文艺出版社接受并付诸出版，我的兴奋和感动可想而知。我要感谢单瑛琪社长和责任编辑姚宏越先生，与他们的合作是如此顺利和愉快。

　　入选的作品，在我看来无疑是百年中国最优秀的中篇小说。但"诗无达诂"，文学史家或选家一定有不同看法，这是非常正常的。感谢入选作家为中国文学付出的努力和带来的光荣。需要说明的是，由于版权和其他原因，部分重要或著名的中篇小说没有进入这个选本，这是非常遗憾的。可以弥补和自慰的是，这些作品在其他选本或该作家的文集中都可以读到。在做出说明的同时，我也理应向读者表达我的歉意。编选方面的各种问题和不足，也诚恳地希望听到批评指正。

　　是为序。

2017年10月20日于北京

目 录

不要问我 …………………… 东　西 / 001
歇马山庄的两个女人 …………… 孙惠芬 / 070
有爱无爱都铭心刻骨 …………… 方　方 / 129

不要问我

东　西

一

　　正处在睡眠中的卫国，梦见自己的臀部被一只硕大的巴掌狠狠地拍了一板。他翻了一个身，想继续做梦，但臀部又挨了一巴掌。他睁开眼，看见顾南丹的手高高地扬着，快要把第三个巴掌拍下来了。卫国说我还以为是做梦呢。顾南丹说到站了。

　　所有的旅客都往门边挤。卫国跳到下铺穿好鞋，弯腰去拉卧铺底下的皮箱。但是，他把腰弯下去了却没有直起来。他的头部钻到了卧铺底，整个身子散开，再也没有力气爬起来了。顾南丹拍了他一下，说怎么了？卫国的头从里面退出来，额头上全是汗。他说我的皮箱呢？我的皮箱不见了。顾南丹弯腰看了一下，没有看见皮箱。她说是谁拿走了你的皮箱？顾南丹扑到车窗边，望着那些走下车厢的乘客，重点望着乘客手里的皮箱。

　　卫国的心脏像被谁捏了一下，紧得气都出不来了。他从车窗跳下去，追赶走向出口的人群。他的目光从这只皮箱移向那只皮箱，一直移到出口，也没发现他的那只。他又逆着出去的人流往回走，眼睛在人群里搜索。人群一点一点地从出口漏出去，最后全都漏完了，站台上只剩下他孤零零一个人。他坐过的那列车现在空空荡荡地驶出站台，上面没有一个旅客，下面也没有一个旅客。他看了一眼滚动的车轮，想一头扎到车轮底下。但是那会很痛，还不如选择一种不痛的。

当列车的尾巴完全摆出去后，卫国看见顾南丹还站在列车的那边，她的脚下堆着行李，身边站着一个男人。卫国想她为什么还不走？顾南丹笑了一下，朝他挥手。卫国想她怎么还笑，都什么时候了她还笑？她一笑，我的双腿就软。卫国蹲到地上。顾南丹和那个男人拖着行李朝他走来。顾南丹指着那个男人说，张唐，我的表哥。张唐向卫国伸出一只大手。卫国没有把手抬起来。张唐的那只手一直悬而未决。顾南丹也伸出一只手。他们每人伸出一只手，把卫国从地上拉起来，然后拖着他的胳膊往外走。从顾南丹咬紧的牙关，我们可以断定卫国现在并没有用自己的力气来走路，他的胳膊和大腿都僵硬了。

他们把他架到车站派出所，让他坐到条凳上。值班警察杜质新拿出一张表格，开始向他们问话。杜质新说是什么样的皮箱，卫国比画着，说这么大，长方形的，棕色。顾南丹补充说皮箱上有两把密码锁，是他爸爸留下来的，知道他爸爸吗？卫思齐，著名核能专家，参加过中国的第一颗原子弹爆炸试验。顾南丹以为杜质新会对她的话题加以重视，至少也应该露出一点儿惊讶。但是没有，杜质新平静地问里面有些什么，卫国说有现金、证件、获奖证书和衣裳。杜质新说多少现金，卫国说三万。杜质新说怎么会有那么多现金，卫国说那是我的全部家产，我把几年的积蓄全部领了出来。杜质新说有那么多吗，卫国从凳子上站起来。顾南丹想他怎么有力气站起来了？刚才连路都不会走，现在怎么呼的一下站起来了。是愤怒，他的脸上充满了愤怒，出气粗壮，身体颤抖。他说怎么会没有？请别忘了，我是工业学院的教授，堂堂一个教授，怎么会没有三万块钱？

没有愤怒就没有力气。卫国一说完，就像一只漏气的皮球，重新跌坐到条凳上。杜质新说看来你们学院的奖金还不少。既然有那么多奖金，还来这个地方干什么？卫国说这个可以不回答吗？杜质新一合笔记本，说可以，就这样吧，有消息会及时告诉你。

二

张唐走出派出所，顾南丹也正在往门外走去。他们就这样走了，背影一摇一晃，还相互拍着肩膀，只留下卫国一个人坐在派出所的条凳上。看着他们远去的背影，卫国很想跟他们说一声再见。但是他的舌头发麻了，张了几下嘴巴都发不出声音。随着顾南丹他们的身影往外移动，卫国感到环境正一点一点地残酷起来。我是不是跟顾南丹借点儿钱？她会相信我吗？没有钱我将怎么生活？我连晚饭都吃不上。我会被饿死吗？可不可以讨饭？有没有人施舍？身上还有一件衬衣，一双皮鞋，它们可不可以换两餐饭吃？如果要跟顾南丹借钱，现在还来得及吗？卫国抬头看着顾南丹他们走出去的方向，他们的身影已经叠进别人的身影。完啦！卫国的身体里发出一声尖叫。

杜质新说你怎么还不走？想在这里睡午觉吗？卫国说我在这

里等皮箱。杜质新说哪有这么快就给你找到皮箱的，找不找得到还是一回事。卫国抬头看着派出所墙壁上的奖状和锦旗，说我没有地方可去，你就让我在这里等吧。杜质新说那你就在这里等吧，看你能等到什么时候。这时，卫国才发现自己的身子在发抖，他把微微颤抖的手伸到杜质新的面前，说烟，能不能给我一支烟？杜质新递给他一支香烟。

狠狠地抽了一口，卫国把吞进去的烟雾咳出来。他试探性地叫了一声杜警察。杜质新看着他，说什么事？卫国说你的烟真好抽。杜质新扬着手里的香烟，说知道这是什么烟吗？卫国摇摇头。杜质新喷出一个烟圈。卫国看着那个慢慢往上飘浮的烟圈，说你能不能先借点儿钱给我？杜质新说什么？你说什么？卫国说你能不能借点儿钱给我？杜质新又喷了一个烟圈。现在他的头顶上飘着两个烟圈。他对着那两个烟圈说笑话，我知道你是谁呀？如果你是骗子我怎么办？卫国说我怎么会是骗子呢？你认真地看一看，我像骗子吗？杜质新点点头，说挺像的。卫国说你才像骗子。杜质新从桌子的那边走过来，盯着卫国看了好久，说你说我像骗子？骂我骗子就别抽我的烟。杜质新夺过卫国嘴里的烟，丢进垃圾桶。一股烟从垃圾桶里冒出来。卫国想不就是一支烟吗？我怎么就沦落到了这种地步？如果我的皮箱不掉，一支烟算什么？

杜质新看着冒烟的垃圾桶，说不是我不肯借给你，只是我不知道你是谁。卫国说我是卫国。杜质新掏出自己的证件，说你有这个吗？你能证明你是卫国吗？你能证明你是卫国，我就借钱给你。卫国说你不是不知道，我的证件和皮箱一起掉了。杜质新说那我就没有办法了。卫国站在那里想我不是卫国又是谁？没有证件，我就不是卫国了吗？卫国发了一会儿呆，走出派出所，刚走两步，就觉得双腿发软，于是席地而坐，头部靠在派出所的门框上。行人从他的眼前晃过。他不知道他们是谁，就像他们不知道他是谁。下一步我该怎么办？卫国闭上眼睛，感觉时间飞了一下，也不知道自己飞到了哪里。他让自己的身体放任自流，就像水花四溅，溃不成军。放吧，流吧，我根本就不想把你们收回来。

　　放纵了一会儿，卫国突然听到有人叫他的名字。睁开眼，他看见顾南丹站在面前正低头叫他。卫国说你怎么还没走？顾南丹说我们一直在等你。等我干什么？等你一起走。我没有地方可走。我给你安排了一个住的地方。我的口袋里一点儿钱也没有。不要你花钱。算了吧，我们只是萍水相逢。如果你真的同情我，就借几百块钱给我，等我一找到皮箱就还你。只是怕你把钱花光了，还没找到皮箱。走吧，我们旅行社有一个宾馆，随你住到什么时候。卫国抬头，看着顾南丹。顾南丹说走哇。卫国说我站不起来，我这里没有一个亲人，在西安也没有，从来没有人对我这么好，突然有人对我好，我就站不起来了。顾南丹说你站给我看看。卫国用手撑着派出所的门框，慢慢地延伸自己的身体，当他快要伸直时，双腿晃了一下，身体滑向地面。顾南丹伸手拉了卫国一把。卫国重新站起来，拍打着屁股上的尘土。

　　卫国虽然站起来了，但身体却还有些僵硬。顾南丹绕到他身后推了推，就像机器突然发动，他的双腿徐徐向前迈进。为了加快速度，顾南丹又推了他一把。卫国说别这样，你的男朋友会有意见的。顾南丹说谁是我的男朋友？卫国说他不是你的男朋友吗？顾南丹说我不是跟你说过了吗？他是我表哥。卫国啊了一声，仿佛重新有了记忆，跟着顾南丹钻进张唐的轿车。卫国说谢谢，真是太麻烦你们了，如果皮箱不掉，我就可以打的。顾南丹说可是，现在它已经掉了。

三

顾南丹在迎宾馆为卫国开了一间房。卫国跟着顾南丹走进房间。她按着墙壁上的一个开关说，这是空调开关。她走到床头，指着床头柜上的一排开关说，这是电视开关，这是门铃开关，只要按一下，就可以不受门铃的干扰。这是电话，拨一下9，就可以打外线电话，有事可以呼我的寻呼机。如果要打长途必须到总台去交押金。这是壁柜，里面有晾衣架，衣服可以挂在里面。这是拖鞋，这是卫生间，这是马桶，这是卫生纸，这是梳子香皂浴巾淋浴开关，这是洗发液，这是沐浴液，记住千万别搞混了。正说着，顾南丹突然大笑，笑得腰都弯了下去。卫国发现她在尽量抑制笑声，但是笑声却势不可当地从她嘴里冒出来。卫国以为自己忘了拉上裤裆的拉链，对着镜子检查了一遍自己，没发现什么可笑的。但顾南丹仍然笑个不停，她笑着说有的人，特别可笑，他们……竟然拿洗发液洗身体，拿沐浴液洗头发，身体又不是头发，想想都觉得……卫国想这有什么好笑的？这一点儿也不好笑。

傍晚，宾馆服务员给卫国送了一份快餐。卫国几大口就吃完了。吃完之后，卫国摸着鼓凸的肚子想回忆一下快餐的味道。但是他怎么也回忆不起来，快餐根本就没有味道，快餐有味道吗？没有，就像木渣，没有任何味道。卫国想我的鼻子是不是出了问题？他跑进卫生间，坐到马桶上。马桶有气味吗？没有。

在没有任何气味的房间里，卫国沉沉地睡了一觉。第二天早上睁开眼，他最先看见搁在床头柜上的电话。一看见电话，他的手就痒，就想给谁挂个电话呢？顾南丹？杜质新？他想还是先给杜质新挂吧。杜警察吗？我是卫国。卫国？卫国是谁？是昨天报失皮箱的人，是想跟你借钱的人，是教授的那个人。啊，想起来了。我想问一问皮箱找到了吗？放屁也没这么快呀，你就耐心地等吧。卫国放下电话，看见一个牛仔包静静地立在沙发的角落。这是顾南丹的牛仔包，昨天她没拿走，会不会是留给我的？卫国小心翼翼地打开，里面是化妆品和一些洗漱用具。不是留给我的。他把鼻子凑到包口嗅了嗅，嗅觉功能还没有恢复。但是他看见了那把缠满头发的牙刷。他掏出牙刷，把上面的头发一根一根地解开，然后又一根一根地缠上。解开。缠上。卫国就这样打发了一天。

第三天早上醒来，卫国搓搓手，一再提醒自己不要操之过急，不要给杜质新打电话。那么，现在我干什么呢？他拉开窗帘，在房间做了四十个俯卧撑，泡了一个热水澡，看了一会儿电视，所有的动作都比平时慢半拍，故意不慌不忙，但心里却一直惦记着电话。他的手又痒了。现在看来右手比较痒，他用左手掐住右手，想拖延一下时间，仿佛越拖延越有可能听到好消息。可是，他的右手不听左手的劝阻，急巴巴地伸向电话。电话拨通了，杜警察吗？我想打听一下我的皮箱。杜质新说这就像大海里捞针，你要理解我们的难处，这比登天还难。那么说你们是不想找了？不是我们不想找，实话告诉你吧，是根本就找不到。那怎么办？我的全部家产，我的全部证件，你得帮我想想办法。我只能对你表示同情。

对方把电话挂断了,卫国举着话筒迟迟不肯放下。他发现床头柜上放着一盒火柴,打开数了一遍,一共有二十根。这是宾馆里特制的火柴,是专门为二十支香烟服务的。他把火柴棍向着房间的四个角落撒去,火柴盒空了。他开始弯腰在角落里找那些撒出去的火柴棍。他发誓要把它们全部找回来。如果我能把这二十根火柴棍全部找齐,那么杜警察就没有理由找不到我的皮箱。由于角落里摆着桌子、衣柜、沙发,他必须搬动它们。于是他的头上冒出了汗珠,身上愈穿愈少,最后只穿着一条裤衩,像一个正在做家具的农民工,正努力地使那些家具摆得整齐有序。

这样忙了半天,他躺在床上就睡着了。醒来时,也不知道是什么时间,窗外阳光像火一样烤着马路。他没有放弃希望,又给火车站派出所挂了一个电话。对方问他找谁,他说找杜质新。对方说他已经调走了。卫国一惊,说他调走了,那就拜托你接着帮我侦破,忘了告诉你们,我的皮箱里还有一个重要证件。什么证件?政协委员证,我是政协委员,请你们一定要对一个政协委员的皮箱负责。对方啊了一声。卫国说记下了吗?对方说记下什么?卫国说请打开你们的记事本第十五页,在我的遗失物品后面补上政协委员证一本。对方说记下了,你的名字叫卫国吗?卫国说没错。

四

天刚发亮,卫国就来到市人事局门口。还没有到上班时间,他只好站在门口等。等了几秒钟,他的身后站了一个人,两个人,三个人,站在他身后的人愈来愈多。他已经数不清是多少个了。一个小时之后,人事局的大门打开,卫国第一个冲到三楼处级招聘考试报名处。

接待者说请你出示一下有关证明。卫国摸了一遍衣裳，说我的所有证件都装在皮箱里。接待者说请你打开皮箱，把证件拿出来。卫国说我的皮箱在火车上被盗了。接待者说没有证明就不能报考，我们不可能让一个不明不白的人报考处级干部。卫国说我是不明不白的人吗？接待者说我只是打个比喻。卫国说可是我的皮箱真的掉了，我的皮箱里不仅装着证件，还装着三万多块钱。接待者说多少？卫国说三万。接待者摇摇头，说不可能，这么重要的皮箱怎么会掉？卫国说可是它真的掉了，里面不仅有钱，还有政协委员证、教授资格证，有人可以为我证明。接待者说你的皮箱与我无关，我只要能够证明你的证明。卫国说要证明这个容易，你知道牛顿吗？接待者摇摇头。卫国说牛顿是力的单位，使质量一千克的物体产生一米每二次方秒的加速度所需的力就是一牛顿。一牛顿等于十的五次方达因，这个单位名称是为纪念英国科学家牛顿而定的，简称牛。这个牛，能不能证明我是物理系的教授？接待者哈哈大笑。卫国说如果你不信，我还可以用英语跟你对话。接待者说下一个。

卫国回头，看见身后排着一条长长的报考队伍。他们的手里要么摇着扇子，要么摇着杂志，反正他们的手都没闲着。卫国从办公室里走出来，才发现这支报考者的队伍从三楼排到一楼，又从一楼排到马路上。卫国已经走到马路上了，还没有看到队伍的尾巴。报考者们贴着楼房一直往下排，排到路口处还拐了一个弯，就像一条河流在那里拐了一下。阳光直接晒着楼外这群人的头顶。他们手里的扇子像虫子振动的翅膀，摇动的速度比室内的那些人要快一倍。有的人干脆把扇子顶在头上，充当遮阳伞。

卫国对着那些排在楼底下的人喊,有没有从西安来的?排队的人全都把头扭向他,他们顶在头部的扇子纷纷坠落,但没有人应答。这时他感到额头上有一点儿冰凉,一点儿冰凉扩大成一片冰凉,一片冰凉发展为全身冰凉。排队的人群出现混乱,有的人从队伍里跑出来躲到屋檐下。卫国抬头望天,雨点砸进他的眼睛。他在屋檐下找了一个地方。有一个人挤到他身边,说我是从西安来的。卫国说那我们是老乡?我的皮箱掉了,一分钱也没有了,证件也全没了。老乡摆摆手说我不是西安的,我是宁夏的。他一边说一边冲进雨里。卫国看见在瓢泼的大雨中,还有人在坚持排队。因为雨的作用,队伍缩短了一大截,坚强的人因而离报名处愈来愈近。那些怕雨的躲到屋檐下的人,看见排在自己身后的人挤了上来,又纷纷跑入雨中抢占自己的位置。但是他们已回不到原先的位置,那位先称西安后说宁夏的人,就排到了队伍的尾巴上。

卫国走入雨中,让雨点像皮鞭一样抽打自己。地上蒸起一阵热浪,雨点出手很重,卫国有一种遍体鳞伤的感觉。他的眼睛和嘴巴里灌满雨水。当他走到宾馆门前时,雨点来势更为凶猛,把门前的棕榈树打得噼里啪啦地响,几盆软弱的海棠已经全被打趴。他离宾馆只十步之遥,却不走进去,像一根孤独的电线杆站在雨里,让雨鞭抽打。几个大堂的服务员跑到门口,看见卫国裤裆前有一巴掌宽的地方尚未被雨淋湿,现在正被雨水一点一点地侵吞。有人向他递了一把雨伞,他未接。雨伞落在地上,被风吹到离他十米远的地方躺着。所有的服务员都朝他招手,有的还急得跳来跳去。他们说你这样淋下去会出人命的。卫国像是没有看见，也像是没有听见。在雨水的冲刷下，衣服和裤子紧紧地贴到卫国的肉皮上，他的身体渐渐地缩小，愈来愈苗条。

半个小时过去了，一个小时过去了，一个小时又三十一分过去了，雨水终于打住。卫国走回宾馆，他走过的地方留下一条粗糙的雨线，一个服务员拿着拖把跟着他走。他走一步服务员就拖一下地板。卫国的全身没有一处是干的。他把衣裤脱下来拧干，挂到卫生间里，想还是好好地睡上一觉吧。他刚睡下，就听到一阵门铃声。他以为是服务员要打扫卫生，按了一下"请勿打扰"。门铃声消失了，门板却急促地响起来。卫国跳下床，从猫眼里往外看，看见顾南丹手里提着一个塑料袋站在门外。卫国想糟啦，现在连一件可穿的衣服都没有。他抓了一条浴巾围到身上。

顾南丹从塑料袋里掏出一沓衣服，说穿上吧。卫国说不穿。顾南丹说服务员打电话告诉我，说你淋得像个落汤鸡，穿上吧，不穿会感冒的。卫国双手抓着浴巾，站在地毯上发抖。顾南丹看见他的嘴唇都已经发紫了。顾南丹说难道要我帮你穿上吗？卫国说我的皮箱里有许多衣服，全是名牌，有一套法国的黛琳牌，两件日本的谷里衬衣，我只穿自己买的衣服。顾南丹说你的皮箱找到了？卫国说没，那么好的衣服都丢了，现在我连穿衣服的心都没有了。顾南丹说我买的服装比你的牌子还有名。卫国说不是名不名牌的问题，而是自我惩罚的问题，除非找到我的皮箱，否则我再也不想穿衣服了。顾南丹坐到沙发上，说你会感冒的。卫国抽了一下鼻子，身子愈抖愈厉害。

顾南丹打开一件衬衣的纸盒，又打开塑料袋，拿下衬衣上的别针，把衣服披到卫国的身上。一股浓香扑入卫国的鼻孔。他嗅到了顾南丹身上特有的气味,这种气味使他快要跌倒了。他抱住顾南丹。顾南丹发出一声惊叫,脑袋缩进肩膀,双手合在胸前,身子比卫国还抖。卫国说你好香,然后用他的嘴巴咬住顾南丹的嘴巴。卫国说南丹,我想和你睡觉。顾南丹把嘴巴从卫国的嘴巴里挣脱出来,说你好流氓。卫国心头的伤疤,现在被狠狠戳了一下,颤抖于是加倍了。他在颤抖中沉默,沉默了好久,才小心翼翼地说如果不是我父亲,我不敢这样。顾南丹说这和你父亲有什么关系?卫国说我一直保存着父亲的一封信,信上说如果哪一位姑娘给你买衬衣,又愿意把衬衣穿到你身上,那么你就娶她为妻,这样的女人一定是贤妻良母。顾南丹说骗我,一个搞原子弹的人哪会有这么浪漫?卫国说别忘了,他留过苏。顾南丹说信呢?让我看看。卫国低下头,说你又不是不知道,我的皮箱丢掉了,信就在皮箱里,它们一起丢掉了。

五

卫国只穿着一条裤衩在房间里走来走去,他不出门,也拒绝穿顾南丹给他买的衣服。顾南丹临走时用那个牛仔包把卫国湿透的衣服席卷而去,并留下一句话:你什么时候把我买的衣服穿上了,我就什么时候来看你。卫国说除非我能找回皮箱。顾南丹说那你就等着皮箱从天上掉下来吧。

一天晚上,正在弯腰捡火柴棍的卫国听到房间里铃声大作。铃声是欢快的,他想这一定是一个好消息,也许是关于皮箱的。卫国扑到床头拿起话筒,电话却忙音了。卫国耐心地等着,相信它还会响第二次。等了好久,电话没响,卫国后悔刚才因为捡火柴棍没能及时把脑袋从柜子后面退出来,因而耽误了接电话的时间。他看着手里的十几根火柴棍,想我再也不能捡火柴棍了,我这是玩物丧志。他把火柴棍丢进纸篓,也想把顾南丹遗忘在床头柜上的那把牙刷丢进纸篓。他举起缠满发丝的牙刷,电话铃再次响起来。他迅速抓起话筒,听到顾南丹说快下楼吧。下楼干什么?我带你去见一个人。我的衣服呢?我不能赤身裸体地去见人吧?我不是给你买新的了吗?对,对不起,我只穿自己的。下不下来由你,是关于考试的事情。听说是关于考试的事情,卫国手脚并用,赶紧把顾南丹买给他的衣裤往身上套,衣裤发出轻微的撕裂声。他一边穿一边往外跑,跑到走廊上,手还在拉裤子上的拉链。

顾南丹坐在一辆白色轿车里。卫国走到车边。顾南丹打开车门,把卫国从上到下扫描一遍,说穿上我买的衣服,你并没有哪里不对劲。卫国说只是心里有点儿不习惯,从小到大我都是自己买衣服,不到两岁,母亲就病死了,我对她没有一点儿记忆。顾南丹说这情有可原,我还以为碰上了一个精神不正常的。车子晃了两下,冲出迎宾馆,跑上马路。顾南丹从反光镜里观察卫国,发现他的一只手放在衬衣的风纪扣上,把风纪扣扣上了又解开,解开了又扣上。卫国说你要带我到哪里去?

车子停在一幢居民楼前。顾南丹叫卫国跟她一起上楼。卫国跟着她一步一步地往上走,走到三楼,顾南丹按了一下门铃。一颗秃顶的脑袋从门缝里探出来,对着顾南丹傻笑,说来啦。顾南丹说主任,我把人给你带来了。主任偏着头看顾南丹身后的卫国,看了一会儿,他关上门。当他再次把头探出来的时候,鼻梁上多了一副眼镜。他戴着眼镜看了一会儿卫国,说进来吧。

他们跟着主任穿过宽大的客厅,走过两扇木板包过的房门,进入第三个房间。卫国看见一位老太太睡在床上,眼睛闭着,上身光着,下身穿着一条宽大的花短裤,手里拿着一把扇子正在摇。主任说这是我母亲,她特别怕热,但又不适应空调。顾南丹说你去接电话吧,这事就交给我们了,最好把伯母叫出去。主任用粤语叫他母亲。他母亲连眼皮都不抬一抬,嘴里嘟哝着。主任说她不愿出去,你们干吧,不会影响她的。主任走出房间,顺手把门关上。

顾南丹指指门角,说我们干吧。卫国看见门角摆着锤子、老虎钳、三脚梯和一个装着吊扇的纸箱。卫国说原来你是叫我来干这个?顾南丹摆摆手,生怕惊动睡在床上的老太太。卫国用英语骂了一声狗屎,我是教授,不是装吊扇的,我根本就没装过吊扇。卫国想不到顾南丹竟然也会英语。她用英语说,我说你的证件掉了能不能先考试,然后再回去补办证明?主任问我你是干什么的,我说你是物理系的教授,是学物理的。他说学物理好,我家里正需要装一台吊扇,你叫他给我装装。

尽管难看,甚至有可能还有口臭,卫国还是张大了惊讶的嘴巴,说你怎么会说英语?顾南丹说你以为光你会吗?卫国咂咂嘴,打开三脚梯,拿着老虎钳爬上梯子,开始扭天花板上那根裸露出来的垂直的钢筋。他要先把这根钢筋扭弯,才能把吊扇吊到上面。但这根钢筋很硬,卫国用老虎钳夹住它,用锤子敲打它,一心想把钢筋敲弯。汗水很快就浸湿了卫国的衣背,他敲打钢筋的速度愈来愈快,愈来愈有力量,像是在敲打自己的仇人。顾南丹手扶梯子,不断地提醒卫国慢点儿,小心点儿。由于钢筋弯得太慢,再加上顾南丹的不停唠叨,卫国变得有点儿烦躁。他已经把锤子敲到了天花板上,上面已敲出几个凹坑。顾南丹轻轻地叫道别把天花板敲烂了。卫国说想别敲烂就让他自己来，为什么不到街上去找一个民工？顾南丹说他害怕，有许多找民工的，后来家里都挨偷了。卫国说狗屁。卫国说"狗屁"的时候，铁锤头从木把上脱离朝着老太太睡的方向飞去。锤头还在飞翔，卫国已经从梯子上滑下来，吓得双腿哆嗦，跌坐在地板上。顾南丹的目光跟着锤头一起飞到老太太的床头，看见铁锤头落在离老太太枕头一厘米远的地方，差一点儿就砸到她的头部。

就在这么危险的关头，老太太也没有睁开眼睛，她摇扇子的手明显慢了下来，好像是已经睡着了。卫国说我从来没装过吊扇。顾南丹把脱出去的锤头递给卫国。卫国说就连我自己装吊扇都请工人，我从来没干过这活。顾南丹拿稳锤子，爬上三脚梯，说你非得要我亲自干吗？卫国没想到她还能干这个，正迟疑，顾南丹已举起柔软的手臂。铁锤朝着钢筋狠狠地砸去，锤子没有砸着钢筋，却砸到了顾南丹的手。鲜血从她的手指涌出，她痛得像含了一只鸡蛋那样张开嘴巴，却没有发出声音，有痛不敢喊，惊叫被控制在嘴里。卫国赶紧把她从梯子上拉下来，在老太太的床头拿了一包纸巾，为她包扎手指，不停地往她的手指上吹风，想以此减轻她的疼痛。顾南丹说别吹了，它已经不痛了。卫国说你这一锤，好像是我砸的。顾南丹说要干就上去，不干就走人。卫国说你好好坐着，我这就上去，不把它干好我就不下来。卫国提着锤子重新爬上三脚梯，屋子里又响起了单调的敲打钢筋的声音。尽管敲打声很响，但老太太并没有醒，她手里的扇子已掉到床下，她已经彻底地进入了梦乡。

一个小时以后卫国装好吊扇，他打开开关，闷热的屋子里突然灌进一股凉风。老太太终于睁开眼睛，这是她在卫国他们进入房间后第一次睁开眼睛。她对他们说"先克由"。卫国以为她是在说粤语，但认真一听，才知道她是在用英语向他们说谢谢。卫国想难道老太太也会英语？卫国和顾南丹对望一眼，彼此都笑了。

主任推开门，仰头看看转动的电扇，说还是学物理好哇，小顾，明天你就去办准考证吧。顾南丹说了一声谢谢，向主任告辞。主任把他们送到楼梯口，拍着卫国的肩膀说，你知道钦州港是谁最先倡导修建的吗？卫国摇摇头。主任说回去以后好好地复习一下，多了解这里的历史。卫国说好的。顾南丹说主任，我想问一问伯母过去是干什么的？主任说国民党的时候，她是英语老师。

六

带着一身劳动的臭汗，卫国钻进顾南丹的车子。他打开箱盖，把那些磁带翻了一遍，又低头看座凳的底部，差不多把座凳都撕开了。顾南丹说你找什么？卫国说白药。顾南丹说没有。卫国说我的皮箱里就长期备有一瓶白药，如果它不丢掉，我就可以给你包扎伤口。顾南丹说我早把伤口给忘了，只不过砸破了一点儿皮。我们去游泳吧。卫国说先去医院包扎你的手指。顾南丹说我的手指不用包扎。卫国说包扎。顾南丹说游泳。

在他们的争论声中，车子停到了一家桑拿健身中心门口。顾南丹说下去吧，里面可以游泳可以桑拿。卫国坐在车上不动。顾南丹推了他一把，说下去呀。卫国说你自己去。顾南丹说为什么？卫国说你不包扎手指，我就不去游泳，你不包扎连我的手指都痛。顾南丹说你不去，我可去了。卫国说去吧，我在车上等你。顾南丹提着泳衣，朝健身中心走去。卫国看见大门就像一个黑洞，把顾南丹一口吞了进去，但是立即又把顾南丹吐出来。她回到车上，狠狠地撞了一下车门，说你真固执。

医生捏着顾南丹的手指，说这么一点儿伤口包不包无所谓。卫国说怎么无所谓？如果感染呢？医生说你是她什么人？卫国说我是她家属。医生说那就包一包吧。卫国说我建议你还给她打一针。医生说不用了。卫国说怎么不用，如果得了破伤风怎么办？医生说那就打一针吧。顾南丹听医生这么一说，五官都扭曲了。她说我最怕打针，还是不打吧。卫国说怎么不打？打。医生把长长的针头对着顾南丹，顾南丹看见针头就哎哟哎哟地喊起来。医生说你喊什么，针头都还没有碰到你的屁股，你喊什么？顾南丹刚一停止喊叫，医生就把针头扎下去。顾南丹的眼睛鼻子嘴巴长久地凑到一块儿，卫国几乎认不出她了。

打完针，他们重新回到健身中心。顾南丹走路的姿势发生了翻天覆地的变化，重心总向刚打针的那半边屁股倾斜。由于刚刚包扎伤口，她不敢游泳，戴着一副墨镜，要了一瓶饮料，坐在泳池旁的一张桌子边看卫国游。卫国的身体很结实，胸前那一撮毛尤其显眼。泳池里有许多人，他们有的游得很专业。卫国只会狗刨式，于是在泳池里拼命地刨着。他刨一会儿，就看一眼顾南丹。卫国发现在离顾南丹不远处坐着一位头发花白的妇女，她的手里拿着一副望远镜。她不时地把望远镜放到眼睛上，对着卫国看。

在顾南丹开车送卫国回宾馆的途中，顾南丹的寻呼机响了两次。顾南丹说我爸爸呼我，我得赶快回去。她飞快地掉转车头，叫卫国自己打的回宾馆。卫国说我跟你一块儿回去。顾南丹说那怎么可能？没经过爸爸妈妈的同意，我根本不敢带人回家。卫国说你那么怕你爸爸？顾南丹说怎么会不怕？我怕死我爸爸了。她打开车门示意卫国下车。卫国把车门拉回来，想吻一吻顾南丹。顾南丹躲过卫国的吻。卫国钻出车子，头在车门框碰了一下。

七

　　面向全国招聘二十名处级干部的考场，设在市一中新起的教学楼里。顾南丹开车把卫国送到一中门口。卫国看见考场外站满了考试的人，他们三五成群，有的手里还拿着复习资料。大家都在交头接耳，由无数细小的声音组成的巨大声浪，在他们的头顶嗡嗡地盘旋。好多人的脸上提前挂上了处级干部的表情。卫国说我有点儿紧张。顾南丹从包里掏出一支钢笔递给卫国，说希望你能考上，我爸爸说了，只要考上他就见你。卫国说考不上呢？顾南丹说就不见你。卫国说你这样一说我就更紧张了。顾南丹说我爸讲最先倡导修建钦州港的是孙中山，千万别答错了。卫国说你爸的答案和主任的答案有出入哇，到底听谁的？顾南丹说当然是听我爸的。

　　顾南丹把卫国推下车，推着他朝考场的方向走，就像做游戏的孩童，她只管埋头推着，前边的路交给卫国指引。好多考生都扭头看着他们。卫国说别这样，他们在笑话我们。卫国这么一说，顾南丹突然就笑了。她的笑声很清脆，就像文学作品里比喻的那样，简直就是银铃般的笑声。她的笑声划破了考生们头顶上严肃认真的气氛。但考试的哨声没有让她的笑声延长，哨声打断了她活泼可爱的笑。

　　等待者们都心情复杂野心勃勃，其中大都是女性，大都是考场里男人们的妻子。校园有限的铁门把这群充满无限希望的妇女挡在外面。她们站在铁门外默默地祈求自己的丈夫官运亨通。很快从考场里出来一副担架，第一个昏倒在考场里的考生被抬出来，人群发生骚乱。一看见担架，顾南丹担心起来。她率先冲出人群，跑到担架边，喊了几声卫国，才看清躺在担架上的人不姓卫也不叫国。她转过身，看见比她慢半拍的人群像一股洪流拥向担架，每个人的嘴里都呼喊着一个名字。

一阵混乱之后，人群纷纷散开，最终只有一个哭声留下来。这个声音这样哭道：你怎么这么不争气呀，你怎么昏倒了呀？你昏倒了孩子怎么上重点中学呀？我们怎么住上三室一厅啊？我们春节回家怎么会有小车坐呀？你昏倒了我们的钱不是白花了吗？我们哪里还有脸回家呀……顾南丹想不到这一场考试会和这位少妇哭出来的这么多事情有关，她突然感到身上发冷。

卫国几乎是垂头丧气地走出考场的。他在试卷上看到了那道题目：最先倡导修建钦州港的人是谁？卫国为这个题目浪费了整整十一分钟。主任也有可能看到这张试卷，那会产生什么样的结果？当主任看到这张试卷和他的答案不一致时，他会怎么想？他一定会心潮澎湃。他会想姓卫的这小子，竟敢不听我的。不听我的你听谁的？经过十一分钟激烈的思想斗争，他终于写上主任提供的答案。写上这个答案后，他的心就乱了，他不敢保证他的答案就一定正确。

铁门外是黑压压的人群，卫国没有看见顾南丹。他看见许许多多只少妇白皙的手从铁门的空隙伸进来。她们的头快挤扁了。她们的手里拿着面包、健脑液、心血康、毛巾和清凉饮料。卫国从那些混乱的手臂中，接过一瓶清凉饮料慢慢地喝着。等他把这瓶饮料喝完，人群散去三分之一，被困在人堆里的顾南丹才渐渐地鲜明。她一下就撞到了卫国的眼睛上，问考得怎样？卫国说没有把握，如果皮箱不掉，我会考得更好。顾南丹说为什么？卫国说皮箱里有几本复习资料，今天考卷上的题目大部分都在上面，我原本想到北海后认真复习复习，谁想到它会丢失。顾南丹说快把你的烂皮箱忘掉吧，新生活就要开始了。

八

卫国提心吊胆地等待着考试结果。顾南丹一个电话也不打来。卫国等得喉咙都干了。一天，顾南丹提着一套新买的夏装来到宾馆，命令卫国赶快换上。卫国问是不是考上了？顾南丹点点头，从挎包里掏出一把自动剃须刀。卫国接过去，剃须刀像掘进机那样哗哗哗地在他嘴边转动，屋子里响起铺张浪费的声音。顾南丹又掏出一瓶摩丝喷到卫国的头上，为他定了一个发型，空气中飘浮着奇怪的味道。

一幢一幢的小楼晃过卫国的眼前，卫国说是不是这幢？顾南丹说不是。卫国说一定是这幢？顾南丹说不是。卫国说那我就不猜了。卫国一不猜，车就突然刹住。卫国的头撞到车玻璃上。顾南丹说到了。卫国跟着顾南丹往一幢门前栽着紫荆花的楼房走去，他的目光跨越顾南丹的肩膀，看见一位头发花白的大妈和一位腰间系着围裙的姑娘站在门口，她们用力拍打双手，欢迎卫国的到来。卫国觉得这位大妈十分面熟，但一时又想不起在哪里见过。顾南丹指着大妈说，这是我妈妈。大妈进一步微笑，脸上的皱纹堆得更多，表情更为慈祥。她说小伙子，你的身体很结实，我很满意。卫国说你是说我吗？大妈说不说你说谁呀？卫国说你怎么知道我的身体很结实？大妈说我连你的汗毛都看清楚了。卫国奇怪地看着顾南丹，怎么也想不起在哪里见过这位大妈。他把童年生活过的地方想了一遍，把父亲的同事想了一遍，把自己的亲戚和朋友都想一遍，还是没有想起这位大妈。卫国说阿姨，我好像在哪里见过你。大妈说见过见过，在游泳池见过。卫国的脑袋像被谁敲了一下。他终于明白，在游泳池里拿着望远镜盯住自己不放的人，就是顾南丹的妈妈。卫国忽然感到腿软。

他跟着顾南丹往楼上走，每往上走一步肩上就约重五公斤。他用双手抓住栏杆，一步一步把自己拉上去。二楼有好几间房，还有一条长长的走廊和一个卫生间。卫国听到第三间房里传出一声断喝：口令。顾南丹说黄河。里面说进来。卫国和顾南丹走进房间。卫国看见顾南丹的爸爸顾大局躺在床上，他的枕边放着搪瓷茶盅和药片。卫国怎么也想不到顾南丹爸爸会是这么一副模样，由于坐骨神经有毛病，他几乎不能起床，加上心脏不好，生命随时都处在危险之中。他的眼睛频繁地眨动，眨了一会儿说是你，想做我的女婿？卫国说是。他突然从枕头底下摸出一把气手枪，指着卫国。顾南丹挡在卫国的前面，说爸爸，你不能这样。他说要做我的女婿，就必须过这一关。顾南丹急得哭了起来，她说爸爸，你能不能不这样？你能不能对他特殊一点儿？我的年纪不小了，女儿给你跪下了。

卫国听到吧嗒一声，顾南丹双膝落地，头发从头部散落垂到地板。顾大局拿枪的手微微抖动，另一只手捂着胸口，说你再不滚开，我的心脏病就发作了，我就要死去了，你难道要落一个不孝的骂名吗？卫国说他要干什么？顾南丹说他要你头上顶着碗让他射击。卫国看见门边的书桌上放着一摞瓷碗,地板上散落几块瓷片。他的脊背一阵凉,身上起了一层鸡皮疙瘩。卫国说为什么?为什么要这样?卫国一边说一边往后退。顾大局说站住。卫国没有站住,他跑到楼下,在客厅里站了好久才把气喘出来。

　　大妈说小卫,不要害怕,其实他的心眼一点儿也不坏。如果他心眼坏,我会嫁给他吗?他只是有一点儿业余爱好,像现在有的人喜欢钓鱼,有的人喜欢打太极拳,只不过各人的爱好不同罢了。我们都是南下干部,他喜欢射击,枪法没的说。大妈拍拍胸膛,像是为卫国担保。他不会成心害你,只是想找一个他信得过的女婿,可是茫茫人海,没有一个人相信他的枪法,因此他也找不到一个让他相信的女婿。如果你相信他,就勇敢地走上去,顶着一个瓷碗站在他面前。也许只要你一顶碗,他就相信你了,他就不射击了,也许他的枪里没有子弹,或者那就是一支玩具枪。卫国说他的枪里有没有子弹你不知道吗?大妈摇摇头说不知道,那是他的老战友送给他的,从来不让我们碰它。他就像一个顽皮的孩童,没有谁管得住他。卫国说万一枪里真有子弹怎么办?大妈说不会的。大妈开始把卫国往楼上推,这个动作与顾南丹何其相似。卫国说我怕。大妈说怕什么?你难道没有听到南丹一直在上面哭吗?卫国屏住呼吸听着,顾南丹的哭声从楼上传下来。卫国说大妈,他的枪里真的没有子弹吗?大妈说没有。卫国说可是,我还是害怕,我没法完成你交给我的这个任务。说这话时,卫国仿佛看见顾大局提着枪追下楼来,他挣脱大妈,跑出顾家的大门,朝着一条小巷飞奔。很快他就到达一条陌生的大街。

九

顾大局说南丹,你交的朋友怎么都是胆小鬼,他们不值得你信任。顾南丹说谁不怕你的子弹打进他们的脑袋?顾大局哈哈大笑,怎么可能?枪里面根本没有子弹。顾大局把枪拆成几块,里面真的没有子弹。顾南丹说能不能叫他重来?顾大局说不,我已经不想见他了,这样的男人靠不住。顾南丹说他是知识分子,一见枪就发抖。顾大局说你最好不要跟这样的人来往。顾南丹说你是想让你的女儿嫁不出去吗?顾大局说我的女儿会嫁不出去吗?顾南丹说这已经是第五次了,你已经赶跑了我的五个男朋友。顾大局把拆散的气手枪一块一块地丢进床前的垃圾桶,说连卫国算在一起,你一共带来了五个男朋友,我原以为总会有一个不怕死的,肯为你顶碗,但是没有,没有人相信我的枪法,要找一个相信我而又让我相信的人,实在是太难了。既然找不到,我也不强求,从今天起,我再不管你的爱情。你自由了,但将来吃了男人的亏千万别跟我哭鼻子。

顾南丹来到宾馆,说卫国,我们结婚吧。卫国突然抱住顾南丹,把她摔在床上,说我们现在就结。顾南丹朝卫国的脸上狠狠地甩了一巴掌,说你把我当什么人了?哪有这样结婚的?想要结婚,就赶快回西安去把各种证明要来,包括结婚证明。我连你叫不叫卫国都还不清楚,怎么就这样跟你结婚?卫国说西安,我是不想回去了。顾南丹说那你还想不想结婚?想。想你为什么不回?

卫国在地毯上走了几圈,指着自己的眼睛问顾南丹,这是什么?顾南丹说眼睛。卫国指指自己的鼻子,这呢?顾南丹说鼻子。卫国的手在他的脸上张牙舞爪,说这对眼睛,这个鼻子,这个嘴巴,这两个耳朵都不假吧?它们组成的这一张脸就摆在你的面前,你干吗要在乎他叫不叫卫国?难道叫张三,这张脸就会改变吗?顾南丹说谁知道你是不是一个好人?犯没犯过错误?结没结过婚?卫国说如果我的皮箱不掉,就能证明我是卫国,是一个教授,那里面还有一张未婚证明。顾南丹说凭什么我会相信一只找不到的皮箱?卫国拍打胸膛,我可以发誓,如果我说半句假话就得癌症,就患心脏病,就感染艾滋病,就被车撞死。顾南丹说你发多少誓都不比你回一趟西安,况且人事局也要你回去拿证明。卫国说大不了我不做处长。顾南丹说那你来这里干什么?

　　卫国无法回答。顾南丹抓起床头柜上的一张报纸看了一会儿,忽地坐起来,指着报纸上的一整版人头,说你为什么怕回西安?难道你是他们那样的人吗?卫国夺过报纸,看见整版都是在逃犯的头像。他们有的杀人,有的贩毒,有的抢劫,有的强奸……顾南丹说没有长得像你的呀。卫国把五十多个在逃犯的基本情况看完后,戳了戳报纸,说我怎么比得上他们,简直是小巫见大巫。我只不过是吻了一下女学生,学校就要处分我。

　　原来你是一流氓,顾南丹惊叫,我怎么就瞎了眼呢?说着,她站起来朝房门走去。卫国拦住她,说你能不能听我解释?我那个吻,是被朋友灌醉以后……顾南丹没等他说完就推开他,拉门跑出去。门狠狠地摔回来。卫国想我都说了些什么?我干吗要对她说这些?其实,我完全可以把这个秘密沤烂在肚子里。

十

卫国坐在马路的对面，看着顾南丹家的楼房。房门紧闭，那个白色的门铃按钮在阳光的照射下闪闪发光。卫国估计门铃离地面大约一米五五。随着太阳西沉，光线慢慢地往上翘，它从门铃处翘到了顾家的二楼。一辆轮椅从房间里推出来，坐在上面的是顾大局，推轮椅的是顾南丹。顾南丹把轮椅从外走廊的这头推到那头，夕阳把他们照得红彤彤的。卫国招手，顾南丹没看见。卫国跑过马路，按了几下门铃。顾南丹把头伸出来，像是看到了什么不堪忍受的事物，飞快地缩回去。尽管卫国差不多把门铃按坏了，门却始终没有打开。

卫国开始拍门，他把门拍得很响。过往的行人停下来看他，看的人越多，他拍得越得意。他甚至拍出了音乐的节奏。忽然，顾南丹从门里走出来，卫国闪到一边。顾南丹往前走。卫国紧跟着。顾南丹走进停在路边的轿车。卫国也跟着钻进去。轿车在马路上飞奔。顾南丹板着脸，眼睛盯着前方。卫国抻长脖子看了一下速度，一百多迈。在市区她竟然开一百多迈，卫国说你疯啦？顾南丹轰了一下油门，轿车飙得更快。卫国吓得手心都出了一层细汗。

到了郊外，车子拐上一条黄泥小路，进入一处较为僻静的地方，速度明显慢了下来。这时，卫国才敢说话。他说我是真的醉了才失态的，是一时冲动，不瞒你说，我只吻了一次就摔倒了……其实，我得感谢这次失态，否则我不会南下，不会在火车上认识你。说着说着，卫国发现顾南丹的脸上出现了松动的迹象。春天来了，冰封的土地就要解冻了，也许顾南丹的话正在发芽，过不了多久，话就会冒出来了。

轿车停在僻静的海滩。顾南丹的衣裙滑下去，露出她穿泳装的身体。她活动了一下四肢，甩上车门走向大海。卫国看见傍晚的霞光几乎全部聚焦到她苗条的身体上，白色的皮肤像镀了一层金，通体金光闪闪。这是顾南丹第一次在卫国的面前大面积地暴露。卫国的心膨胀起来，膨胀到似乎要把胸前的衬衣纽扣撑掉。但是顾南丹没有说话，他不敢冒犯。他看着顾南丹游向大海深处。海浪摇晃着，把那颗浮在水面的人头愈摇愈远，直到彻底消失。在那颗人头与卫国的眼睛之间，仿佛有一根线牵着。人头愈远他的眼睛睁得愈大。他的目光在海面搜索，只见愈涌愈高的海浪。卫国沿着水线跑动，对着稀里哗啦的海面喊顾南丹。他喊得嗓子都哑了，也没看见他喊的人。天色加紧淡下去，紧张浮上卫国的心头。他脱下衣裳，只穿着那条松松垮垮的裤衩跑进海里。海水淹到他的脖子，对于一个只会狗刨式的人来说，再往前迈进一步都会出现危险。他让海水淹着脖子，继续对着海面喊顾南丹。他每喊一次，都有咸咸的海水冲进嘴巴。海水打在他的牙齿上，在他的口腔卷起千堆雪，然后再卷出来。他在潮涨潮落的间隙接着喊，但是他的喊声被海浪声淹没，显得十分渺小。

一颗人头从卫国的眼皮底下冒出来，带起一堆白花花的海水。这堆海水扑到卫国的身上。卫国连一声惊讶都来不及表达，顾南丹已经把他紧紧搂住。他们的嘴巴咬在一起。海浪打过他们的头顶，试图分开他们的嘴巴，但是我自岿然不动。太阳从他们的嘴巴落下去，海滩进一步昏暗。他们回到岸上，打开车灯。两根灯柱横在海面。他们坐在灯柱里的影子投入水面，被海水扭曲。顾南丹说如果你实在不愿意回西安，那你就骂她几句，这样也许我还能接受。卫国说骂谁？顾南丹说那个被你吻过的女学生。为什么要骂她？因为你骂她就说明你不爱她，我才会相信你吻她是酒醉后的一时冲动。如果我骂她，你是不是就不要我回去拿证明了？顾南丹说试试吧。卫国用沙哑的嗓音说那我骂啦。他咳了几声，想把沙哑的声音咳掉。冯尘，你这个丑、丑小鸭……骂呀，为什么停住了？我实在骂不下去，我不能昧良心，这事本来是我不对，现在怎么反过来骂她？

　　海面的声音消失了，卫国的出气声越来越粗重，愈来愈丑陋。他想在这样一个美好的夜晚，面对如此美丽的海滩和如此明净的天空，我的嘴里竟然喷出这么肮脏的语言，实在是一种罪过。一股汹涌澎湃的思念冲击他的胸口，他对着西北的方向思念冯尘。

　　心疼她了是不是？顾南丹被沉默激怒，对着卫国咆哮。卫国说我的嗓子哑了。顾南丹说你的嗓子怎么就哑了？刚才喊你喊哑的。别找借口，即使哑了你也要骂，骂她丑八怪，她是丑八怪吗？卫国想她其实一点儿也不丑，比你长得还漂亮，但在这个假话横行的时代，谁还敢说真话？卫国感到皮肤有一点儿紧，海水在身上结了一层盐，自己变成了一堆咸肉，仿佛已经失去了知觉。顾南丹步步紧逼，她有我漂亮吗？说呀，她的脸上有没有青春痘？她家是不是农村的？难道她身材苗条？难道她心地善良？她是不是长得比我丑？你哑巴了吗？你不说就证明我比她漂亮，就证明你不敢面对这样的现实。你不说，就回西安去。顾南丹从沙滩上站起来，转身钻进轿车。卫国仍然坐在灯柱里。顾南丹按了一声喇叭。卫国没有动。顾南丹不停地按喇叭，喇叭声在海滩上回荡。卫国仍然没动。

027

十一

　　张唐把卫国约到海边的一只船上吃海鲜。他说离开车的时间还有四小时,你可以慢慢地从容地吃。卫国说一看见你我就想起那只亲爱的皮箱,你让我伤感不已。张唐用一种羡慕的口吻说,只要回西安把有关证明办来,你就有可能成为处级干部,成为我的表妹夫。如果你的皮箱不掉,怎么会有今天?卫国说看来我还得感谢我的皮箱。张唐说太值得感谢了,要是知道能交这么好的桃花运,多少男人都会故意丢掉皮箱,你不是故意的吧?卫国苦笑。

　　海面好像有意在这个中午休息,波浪不兴,出奇的平静,一个赤身裸体的男人躺在水面,摆出一副永不下沉的架势。远处过往的船只偶尔拉响汽笛,海鲜的香味扑鼻而来。只一会儿工夫,卫国的面前就堆满了螃蟹壳、虾壳,他的手上嘴上全是油。张唐笑眯眯地看着他,说一回西安你就吃不上这么好的海鲜了。卫国打了一个饱嗝,又剥了一只虾。他把剥好的虾放进嘴里嚼了一阵,怎么也咽不下去,才发现食物已经填满了他的胃,也填满了他的食道。他问张唐洗手间在什么地方,张唐朝旁边指指。卫国抱着肚皮想站起来,但是他站了几次都没能站起来。他饱得连站起来都困难了。张唐说要不要我扶你一把?卫国咬咬牙,说不用,自己的事情最好自己解决。他憋足一口气,慢慢地站起来。

　　从卫生间出来的卫国,已经把工作的重点从吃转移到说话上。他说现在我跟你说实话吧,反正海鲜已经吃了,不听你的意见你也不会叫我把海鲜吐出来。西安我是不能回去的,你想想,他们会给一个差一点儿就犯强奸罪的人开具什么样的证明?他们不仅不给我开什么证明，还等着处分我，我这一回去不是自投罗网吗？该交代的我已经全部交代了，可是你表妹，她非要我拿出什么证明来。我就是我，为什么非要证明？请你转告，这辈子我卫国都会记住她对我的帮助，等到我有了能力，我一定会报答她。说完，卫国起身向张唐告辞。张唐说回来。卫国没有听张唐的，他径直下船，朝滨海路走去。张唐追上卫国，一把揪住他的衣领，说想逃跑，没有那么容易。他把卫国揪上一辆的士，送他到达火车站，强迫他坐在候车室里。张唐坐在他的旁边，一直陪着他。卫国说我能不能给你表妹打个电话？张唐横眉冷对，说别想耍花招了，我表妹说如果你不把有关证明办来，她再也不见你。

进站的时间到了，张唐把卫国推到检票口，看着他检了车票，从进站口进去，才放心地回头。张唐想卫国像大便一样被这个城市排泄掉了。但他万万没有想到卫国把这张北上的卧铺票，退给了一位只买到站票的老乡。卫国怀揣六百元钱心情舒畅了许多，全身上下没有一处不自信。他昂头走出车站，仿佛旧地重游，往事历历在目。他沿着他来时的路线，走进车站派出所。

十二

杜质新仍然坐在原来的位置上。卫国说有我皮箱的消息吗？杜质新好奇地看着眼前的这个人，问什么皮箱？卫国说在火车上丢掉的那只。杜质新说我这里报失的皮箱差不多有一百多只，不知道你说的是哪只。卫国说是一只欧式的，长方形的，棕色，两把密码锁，里面装有三万块钱，三套名牌时装，我的身份证，获奖证书，教授资格证，两本复习资料，五篇论文和一瓶云南白药,一张未婚证明,一本政协委员证……杜质新说是不是你父亲留苏时买的?你父亲参加过新中国的第一颗原子弹爆炸试验。卫国说是,就是那只,里面还装有当时原子弹爆炸时的一些数据和核爆炸的密码,外加一封遗书。杜质新翻开笔记本,说两天前,有一个女士来问过,这样的皮箱一般很难找回来,主要是里面的现金太多。

卫国打了一个饱嗝,满屋飘荡着虾蟹的味道。杜质新抽抽鼻子,说你的生活过得不错嘛。卫国说马马虎虎,你能不能再想想办法?如果能够把它找回来,我愿意把三分之一的现金分给你,或者现在我就先请你吃一顿。杜质新吞了几下口水,喉结滑动。卫国从口袋里掏出一百元钱递给杜质新,说你拿去买一条烟抽。杜质新说我还是没有把握。卫国又掏出一百元叠在原先的一百元上,说我再加一百,你务必帮我找到皮箱。杜质新把卫国伸过来的手推回去,嘴里发出一声冷笑,说怎么可能呢?你可以进来看一看。

杜质新带着卫国来到派出所的里间,屋角摆着一大摞落满灰尘的皮箱,有几只皮箱的锁头已经撬烂。杜质新指着那堆皮箱,说这都是我们找回来的,可惜没有你那只,但是找回来又有什么用?它们只是一个空箱子,里面的东西全没了。有的乘客听说是一只空箱子,连领都不来领。他们来领皮箱的路费可以买到好几只新皮箱,干吗要来领呢?卫国的脸唰地白了,他的目光在皮箱上匆忙地扫了一遍,身体像被谁抽去了骨头,突然一软,坐在旁边的条凳上。他说杜警察,千万别让小偷把我的皮箱给撬了,拜托拜托。

在派出所坐了一会儿,卫国回到宾馆。他拨通顾南丹的手机。一股愤怒从话筒里隐隐传来。顾南丹说你怎么还没走？你不走就不要再来烦我。手机挂断了。卫国再拨，顾南丹已经关掉了手机。卫国接着拨顾南丹家里的电话。接电话的是大妈。大妈说你找谁？卫国说找南丹。大妈说你是谁？卫国说卫国。话筒里传来大妈对南丹的呼唤。大妈一共呼唤了三声，然后对着话筒说南丹说了，你不回去就再不见你，我们全家都不欢迎你。卫国放下电话，打算离开他住了一个多月的房间。这个房间有顾南丹的声音和气味，现在它们还在墙壁上飘来飘去。

十三

卫国在市郊找到一间地下室，住宿费每天十元。由于没有任何证明，房东要他一次性交完一个月的房钱。现在他身上还剩下三百元钱。他计划每天吃两份盒饭，每份盒饭五元，如果计划不被打乱，他在这个陌生的城市里至少还可以待上三十天。也就是说在这三十天内，卫国必须找到一份工作，否则他将被饿死。

他是从北部湾大道东路开始寻找工作的，准备一家一家地找下去，就像摸奖一样摸到哪家算哪家。第一家是紫罗兰书店。在走进书店之前他做了一次深呼吸，算是自己给自己打气。书店里只有几个顾客，卫国一走进去就有两位小姐抱着一大堆书向他推销。他说我不买书，我找你们经理。一位站在柜台后面的中年男人说我就是经理。卫国走到经理面前，问他还要不要人。经理摇摇头，说不要。卫国发现书店里的所有人都在看他，他的脊梁骨一阵麻。他回头看看身后，装模作样地翻了几本书，最后买了一本《怎样培养你的口才》。

夹着《怎样培养你的口才》跑出书店，卫国紧接着走进旁边的宏源房地产公司。公司销售部主任跷着二郎腿坐在一张软椅上，嘴里叼着一支香烟。他喷一口烟雾说一句话，就像吃一口菜又吃一口饭。卫国想如果没有香烟，他是说不出话的，就像没有菜吃不下饭。他说人嘛，我们是要的，但是我们没有工资，你每卖出一平方米土地，我们就给你二十元工资，如果你一天能卖出一亩，那么很快就会成为富翁。卫国说这个我可以试一试。主任说那你就到汪小姐那里办个手续。

主任回头叫小汪。坐在主任身后第四个格子里的小姐哎了一声，并抬头朝卫国招手。卫国想在这个城市里，找一份工作其实没有想象的那么难。他开始有一点儿兴奋了。他快步走到汪小姐的格子里，一股浓烈的香味围绕着汪小姐。汪小姐拿出公司的有关资料递给卫国，她每动一下，就扇起一股香气。卫国在浓烈的香气中忘乎所以。他张开河马似的大嘴，好久才憋出一句话来，我什么时候可以工作？汪小姐说你得先交两张照片和三千元押金，我们给你办好证件后就可以开展工作。香气突然没有了，卫国抽抽鼻子，闻到的全是主任那边飘过来的烟味。卫国说一定要交押金吗？汪小姐说一定要交。卫国说我没有三千元，交两百元行不行？汪小姐摇摇头，鄙视地看着他。卫国说干吗要交押金？我又不会逃跑。汪小姐说没有押金，我们就不能给你工作。

三千元押金就像一记闷棍，打得卫国晕头转向。他低头往前走，民航售票处、温馨照相馆、公厕、市府招待所依依不舍地从他眼角的余光中晃过。他边走边后悔，想也许这几家正需要我。他回头看着市政府招待所的大门，一张熟悉的面孔撞了上来。这是他在人事局门口碰上的，先称来自西安后称来自宁夏的那位老乡。卫国用西安话叫老乡。老乡偏头看着卫国,用西安话说要不要买一份保险?卫国说你在干保险?老乡说瞎混。卫国说这个工作要不要交押金?老乡说要交,交一千五百元。你买一份保险吧。卫国说不买。卫国朝前面走,老乡在后面追。他追上卫国,说出门在外,买一份保险安全,说不定哪天就会出车祸,或者楼上掉下一块砖头,正好砸在自己的头上,买一份吧。卫国说你才出车祸。老乡对着卫国的背影骂了一句狗日的。

一路上卫国再也没有问工作,他从北部湾东路走到北部湾西路,汗水浸湿的衬衣正在慢慢地风干,双腿变得有点儿沉重。他想也许我该买一包香烟,但是一包好香烟将花费我一天半的伙食,这未免太奢侈了。不过没有香烟很难跟人接近,能不能把这包香烟算作找工作的投资?只要找到工作,还在乎一包香烟吗?卫国在烟摊买了一包,他用鼻子嗅了嗅,舍不得抽。他想能不能找到工作,就看这包香烟了。他嗅着香烟往前走,一阵音乐灌入他的耳朵。抬头一看,他已经来到了师范学校的围墙边。他想也许我该到这里面去碰碰运气。

师范学校教务处办公室里坐着三个人。卫国想那个老的肯定是教务处主任。卫国给他们每人发了一支烟,自己也叼了一支,屋子立刻被烟雾笼罩。那个老的说你是不是来找工作的?卫国点点头。那个老的说我们这里已经来了几百个找工作的。卫国说我叫卫国,男,现年二十八岁,西北工业学院物理系副教授。那个老的说这么好的条件我们不敢要。卫国说我主要是喜欢这个城市,干什么都可以,职称也可以不算数,你们爱发多少工资就发多少工资,本人毫无怨言。那个老的说,如果你愿意这样,下个星期五早上九点到这里来找我,我安排你试讲。

卫国向那个老的要了一张名片，名片上写着"北海师范学校教务处主任潘相"。卫国想他果然就是主任。卫国把那包香烟丢到潘相的桌上，说星期五我再来找你。潘相说请把你的香烟拿走，我们这里不受贿。卫国尴尬地笑着，说在北海，难道一包香烟也算是受贿吗？潘相说一包香烟会变成十包香烟，十包香烟会变成一百包香烟。卫国说我可没那么多香烟。

十四

同学们，在真空里，我们把一根鸡毛和一个铁球，从北海师范学校的教学大楼楼顶同时往下放，你们说哪一个先到达地面？卫国对着潮湿的地下室和那台呱嗒呱嗒转着的台扇练习讲课。地下室的墙壁上有一面镜子，它的一半边已经掉落。卫国在练习讲课的时候，常常被那半边还存在着的镜子分散注意力。卫国偏偏头，干脆把自己那张疲惫不堪的脸全部放到那半边镜子里，自己对着自己讲起来。讲着讲着，卫国发现自己的头发长了，胡须也拉碴了，衣服和裤子冒出一阵阵恶臭。卫国想我这副尊容，哪会有学生听课。我得修剪修剪。卫国还没把课讲完，就跑出旅馆到理发店去理头发。连剪带吹，卫国花掉二十元人民币。剪一个头就花掉二十元，这像从他的心头剜了一块肉。但是他心疼一阵后，马上安慰自己，好在我就要找到工作了，否则打死我也不会这样花钱。

回到旅馆的地下室，卫国想洗洗身上的衣裳。没有洗衣粉，衬衣领子上的污渍比卫国的搓洗还顽强。他穿着一条裤衩从地下室走出来，看见洗漱间的窗台上结着一块小小的肥皂。卫国用手指把它抠下来，衬衣因为有了它而洁白。卫国把洁白的衬衣晾在椅子上。为了加快干的步伐，他动用了那台电风扇。衬衣鼓胀了，两个衣袖张开手臂。卫国光着身子在屋子里走来走去，对着镜子照了照身体的各个部位。

他在愉悦中睡去，醒来时却痛苦不堪。不知道睡了多久，他感到身子无比沉重，每个细胞都绑着一根绳子。卫国想我是不是感冒了？他想翻身从床上爬起来，但是他连动一动都很困难，就连转动一下眼珠眨一下眼皮也变得遥不可及。电风扇还在呱嗒呱嗒地转，衬衣被它吹到地上。卫国轻轻地说水，我要喝水。只有自己听到自己的声音。他说妈呀，我要喝水……

迷迷糊糊中，卫国再次睡去。等他再次醒来，身体轻了一些。他慢慢地滑下床，觉得整个身体已经没有重量，自己比鸿毛还轻。他扶着墙壁一步一步地爬出地下室，屋外的阳光刺激他的眼睛，站了好久才看清眼前的景物。他拍拍房东的门板。房东没有开门，隔着窗户问卫国有什么事。卫国说今天星期几？房东说星期三。卫国想我已经睡了两天。

卫国来到马路上，找了一家比快餐店档次稍高一点儿的酒家，对着服务员喊要一碗鸡汤。喝完鸡汤，卫国感到身上还是不太舒服。他想后天就要试讲了，这样的身体肯定走不上讲台。他伸头往远处看了看，远处有一家诊所。他摇摇晃晃地朝诊所走去。

医生在量过他体温看过他舌头之后，说吊几天针吧。卫国说多少钱？医生说两百来块。卫国说我没有那么多钱，你能不能少一点儿？医生说没那么多钱就少吊两天。卫国说吊两天多少钱？医生用笔算了一下，说百来块。卫国说请你务必不要超过一百元，我实在是没钱了。医生点点头。卫国躺到病床上，看见一根比织毛线的针还要长的针头扎进了血管。针头刚一扎进去，他就感到病已经好了许多。

躺在病床上，他才明白身体是革命的本钱，节约是没有意义的，假如身体垮了，有钱又有什么用？他以这样的消费原则，过上了两天幸福生活，力气慢慢地回到他身上，心情也好了许多。到了星期五早晨，天迟迟不亮。卫国早早地从床上爬起来，把试讲的内容想了一遍。想完之后，天还是没有亮。他坐在床上胡思乱想。他想如果我试讲成功，学校还要不要我出示有关证明？还要不要原单位的鉴定？卫国一直没有想过这个问题，现在突然想到这个问题，身上冒出了许多冷汗。

他掏出潘相的名片，想是不是打个电话问一问他。但是打电话要花五毛钱，而且还会打搅他睡觉。卫国走出旅馆，沿着那条路灯照耀的马路往师范学校赶。他恨不得马上见到潘相，步子于是愈迈愈大，身上热得不可开交。赶到学校门口，铁门刚刚打开，好像是专门为他而开。他朝教务处走去，沿途看见许多跑步的人。黑夜慢慢地渗进白天，路灯依然照着。卫国想等我走到前面的那根电线杆边如果路灯还没有熄灭，那就说明学校不需要鉴定。他快步朝前面的电线杆跑去。像是成心跟他作对，他只跑到一半，路灯就全部熄灭了。路灯熄灭的一刹那，卫国的腿突然迈不动了。他甚至想站在这个地方永远也别往前走。我怎么这么倒霉？这时，他看见一个小伙子推开教务处的门，这是卫国星期一见到的两个小伙子中的一个。卫国拖着沉重的双腿，来到教务处门口。小伙子说不是说九点钟试讲吗？你怎么来这么早？卫国说我想问一问你，如果试讲成功，你们要不要原单位出具证明？要不要调档案？小伙子说要，怎么不要？

小伙子忙着烧开水，拖地板，没有工夫跟卫国说话。卫国站在教务处的门口，想我还是问一问潘相，也许潘相能够通融通融。卫国等了一会儿，看见另一个小伙子也走进办公室。卫国问你们的潘主任呢？小伙子说等一会儿他就来。卫国说如果试讲成功，你们要不要原单位出具证明？小伙子说要。卫国说能不能不要？小伙子说我们只录用手续齐全的人。卫国站在门口，拼命地抻长脖子，盼望尽快看到潘相的身影。卫国看到腿开始发麻了，才看见潘相朝教务处走来。潘主任说来啦。卫国说来啦。

卫国把潘主任拉到楼角，说如果我试讲成功，你们还要不要原单位出具证明？潘主任说不仅要，我们还要到你的原单位去考核。卫国说能不考核吗？潘相说不能。卫国说如果我用实际行动证明我能胜任这份工作，你们还去考核吗？潘相说去。卫国说你看我有不对劲儿的地方吗？潘相说没有。卫国说我像坏人吗？潘相说不像。卫国说那你们为什么还要去考核？潘相说这是两码事。卫国踩踩发麻的双脚，从门口回望一眼教务处办公室，说既然你们不相信，那我不试讲了。潘相说怎么不试讲了？我都给你安排好了。卫国没有回答，拖着发麻的双腿朝校门走。潘相看见他走路的姿势有点儿怪，一摇一晃的像个瘸子。潘相对着他的背影骂神经病，骗子，言而无信……卫国听到潘相在身后骂他，但是他没有回头。他觉得潘相的骂声是那么贴切，那么解恨，那么亲切。我是骗子吗？我是神经病吗？我是卫国吗？天底下还有没有不要证明，不要考核的地方？卫国对着空荡荡的前方喊：我叫卫国，男，现年二十八岁，未婚，副教授……卫国反复地背诵，不断地提醒，可别把自己给忘记了。

十五

　　卫国斜躺在床上翻看《怎样培养你的口才》，突然听到楼上发出一阵响声。响声由小到大，由慢到快，像是床头撞击墙壁的声音，富于节奏很有规律。卫国用晾衣竿敲打天花板，上面的声音立即中断，但是它只中断了一会儿，又更猛烈地响起来。它的声音是这样响的：嗒……嗒……嗒嗒……嗒嗒嗒嗒嗒嗒嗒嗒……嗒。

　　第二天晚上，这种有规律的声音继续响起来，并伴随女人的轻声叫唤。卫国用晾衣竿狠狠地戳了几下天花板，声音不但不停止，反而响得更嚣张，好在这种声音极其短暂，卫国也就不再计较。到了第三天晚上，声音该响的时候没有响起来，卫国感到有点儿失落，他用晾衣竿戳了一下天花板，楼板颤了一下，上面传来一阵跺脚声。卫国戳一下天花板，楼上就跺一次脚。卫国爬下床沿着木板楼梯爬上一楼，敲了敲那扇紧闭的房门。门板吱的一声拉开，灯光全部落在卫国的身上。

　　一位穿着紧身衣的小姐做了一个请的手势。卫国走进房间，揉揉眼睛，小姐清晰而又真实地呈现在他眼前。她的身材高挑，两条腿直得可以用于建筑，乳房像是某个夸张的画家画上去的，牙齿和脸蛋都很白，部分头发染黄。卫国说刚才跺脚的是你？小姐说是。卫国说你的床是不是有点儿不牢实？小姐的脸顿时红了。卫国想她的脸竟然还会红。卫国走到床边，摇摇床铺说我帮你看看。说着，他低下头检查床铺的接口，发现有一颗螺帽松了。卫国说有没有扳手？小姐忽然仰躺到床上，故意摇晃着床铺，说你不觉得有点儿响声更刺激吗？卫国扑到小姐身上，说我想跟你睡觉。小姐嗯了一声,要钱的。卫国说多少钱?小姐说五百。卫国说能不能少一点儿?小姐说如果你不长得这么帅这么年轻,五百我都不会干,这已经是打八折了。卫国说我听说别人只要三百。小姐说你看是什么人,你看看她是什么档次,然后你再看看我。卫国说不就五百吗?说好了五百。

  小姐开始脱衣服,卫国摸摸口袋,口袋里还剩下三十元钱。但是卫国的心思已像脱缰的野马离弦的箭,一股强大的力量窜遍他的全身。脱光的小姐就像白雪覆盖的山脉,或者白象似的群山。卫国站在床边,还不太敢相信眼前的事实。小姐说你能不能快一点儿?卫国被这句话燃烧了。他朝小姐刺去,一声尖厉的叫唤从小姐的嘴里飞出。卫国听到他在楼下听到的有节奏的嗒嗒声,只是他制造的声音更持久更嘹亮。小姐的身体一直很平静,一动不动,眼睛望着天花板,脑子像在想别的事情。嗒嗒声愈来愈猛烈愈来愈紧密,小姐嗯了一声。嗯一声,像一个气泡。嗯两声,两个气泡。平静的湖面冒出无数个气泡,气泡愈来愈大,小姐再也控制不住,她的身体开始扭动。卫国看见群山倒塌,白雪消融。

  完事后,卫国把衬衣口袋和裤子口袋都翻出来,说我就这三十元钱,骗你是狗娘养的。小姐说你怎么能够这样?你为什么要这样?卫国低头不语。小姐拍了一掌卫国的膀子,说不可能,绝对不可能,你不可能才有三十块钱。卫国说怎么不可能?如果我的皮箱不掉,我会有三万多元,等找到皮箱,连本带息一起还你。小姐在卫国的口袋里掏了一阵,只掏出一张潘相的名片。小姐说你把钱留在房间里了。卫国说如果我有钱我会住地下室吗?不信你可以跟我到下面去。小姐夺过卫国手上的三十元钱。卫国想现在我是真正的身无分文了,从明天开始我就没有饭吃了。

小姐跟着卫国走出房间,说有么么严重吗?卫国推开地下室的门,一股霉味扑面而来,小姐用手掌扇扇鼻尖,但是那是一股固执的气味,怎么扇也扇不掉。卫国说连一个坐的地方都没有,你就坐床吧。小姐坐到床上,眼睛在房间里扫荡。她翻开卫国的枕头和席子,掏了卫国另外一件衬衣口袋,没有找到任何东西。她说你是干什么的?卫国说了一遍自己的遭遇。小姐把手里的三十元钱还给卫国,说你拿着吧。卫国接过三十元钱,说这怎么行呢?你已经劳动了。小姐说就算是借给你的吧,什么时候有钱了再还我。记住,你还欠五百元。卫国说我一定还你,明天我就去找一份工作,把钱还给你。小姐走出地下室,回头问你叫什么名字?卫国。你呢?刘秧。

十六

第二天早晨,卫国拉开地下室的门,发现门把手上挂着一个塑料袋,塑料袋里装着三个大馒头。卫国把脸伸到袋子里嗅了嗅,嗅到一股美好的气味。他用晾衣竿戳戳天花板,楼上发出跺脚声。卫国提着塑料袋冲上一楼,把塑料袋举过头顶,说这是我来到北海后第一次拥有早餐。你吃一个?刘秧说我已经吃过了。卫国说吃了也要再吃一个,你不吃一个我会吃不下去的。卫国拿着一个大馒头往刘秧的嘴里塞。刘秧狠狠地咬了一口,馒头变得犬牙交错,卫国在犬牙交错的地方再犬牙交错了一下,又把馒头递给刘秧。刘秧又啃了一口。他们一人一口,把那个大大的馒头啃完。

啃完馒头,卫国看见一个男人站在门口。他的头上打过摩丝，皮鞋擦得锃亮，胳膊下还夹着一个小包。刘秧说卫国，我们有事要谈，你先下去吧。卫国走出刘秧的房间。他刚走出房间，门就被那个男的关上了。

楼上很快就传来了那种熟悉的有节奏的嗒嗒声。卫国被这种声音搞得烦躁不安。他走过来走过去，在狭窄的地下室里到处碰头。他想这种声音很快就会过去，一定会过去。但是这种声音出人意料地持久响亮，卫国用晾衣竿不停地戳天花板，上面没有停止。卫国提着晾衣竿冲上一楼，站在门口叫刘秧，你是不是没有钱？如果没有我这里还有三十元。这难道是你挣钱的唯一方式吗？这种方式容易染上艾滋病，会使爱你的人伤心。你的相貌不差，聪明伶俐有理想有前途，有父母有兄妹，有老师有同学，干吗非得干这个？

门被卫国说开了，那个油头粉面的家伙从里面跌出来，差一点儿就跌了一个狗吃屎。刘秧双手叉腰，站在门框下一跺脚，楼板晃了几晃。刘秧说滚。那个男人捡起掉在地上的皮包，拍打着衣服，说你怎么能够这样？刘秧说我为什么不能这样？我爱怎么样就怎么样？刘秧从耳朵上解下耳环，从脖子上解下项链，从床头抓起呼机，朝那个男人砸过去。一只耳环沿着楼梯往下滚，那个家伙跟着耳环跑了几步，才把耳环捉住。他吹了吹耳环上的尘土，回头看了一眼刘秧，弯腰跑出旅馆。掉在地上的呼机这一刻狂声大作。没有谁理睬呼机的狂叫，它的声音在这个特殊的时刻显得孤独。

另一个声音响起来，那是卫国鼓掌的声音。刘秧转身回到房间，坐到沙发上。现在她的脸是黑的，气是粗的，心情是恶劣的。卫国靠在门框上看着刘秧说嫁给我吧，刘秧，如果我们结婚,也许会幸福,也许会长寿,也许会儿孙满堂,也许会找到皮箱,如果皮箱能够找到,我会把里面的三万元现金送给你,不让你再干这活,我会把里面的两套名牌女装、金项链、耳环、化妆盒、游戏机、真皮靴子、手机、法国香水、手提电脑、美白液、健美操影碟、随身听、墨镜、戒指、茅台酒、轿车、别墅统统送给你,让你把刚才的损失补回来……刘秧长长地叹了一声,说你的皮箱早就撑破了。卫国说干脆,我连皮箱都送给你。

十七

这个夜晚,屋外刮起了大风,许多树叶被风吹落,未关的窗户发出声声惨叫,玻璃破碎了,树枝折断了。卫国想这不是一般的大风,是台风。他起身关窗户,忽然听到一阵敲门。不会是查户口的吧?他打开门,看见刘秧缩着脖子站在门外。刘秧说我怕。卫国说进来吧。刘秧坐到卫国的床上,卫国挨着她坐下。刘秧说想跟你聊一聊。卫国说聊什么呢,刘秧说我也不知道。两人沉默。刘秧举起五根手指。卫国说什么意思?刘秧说你还欠我五百元。卫国说我能不能再欠你五百?刘秧说不能,除非你先还我五百元。卫国受到了刺激,脸红了,说不就五百吗?明天,我就找一份工作,挣五百元还你。刘秧在卫国的鼻子上刮了一下,说吹牛。

第二天早上,卫国拍拍刘秧的肩膀,说起床了。刘秧说起那么早干吗?卫国说找工作去。刘秧说找什么工作?卫国说不知道,反正得找一份工作,挣五百元钱还你。

马路上铺满昨夜吹落的残叶,一棵大树横躺在路上。卫国和刘秧手拉手跨过那棵躺倒的大树。刘秧说到哪里去找工作?卫国说往前走,一直走下去。刘秧跟着卫国。他们看见快餐店,看见给卫国吊针的那个诊所,看见房地产公司。单位从他们的眼前晃过,街道上流动着人群。太阳出来了,到处都像着了火,到处都是鲜红的颜色。他们拉着的手心里冒出了热汗,舌头像干裂的土地。卫国说你能不能请我喝一瓶矿泉水?刘秧给卫国买了一瓶矿泉水,给自己买了一个冰激凌。他们站在马路边把水喝完,把冰激凌吃完,接着往前走。

刘秧说我不能再走了,我的脚起泡了。卫国说那你就在这里等着,我自己去找。刘秧坐在马路边的一张凳子上。卫国继续往前走。他往东边走了一阵,回到刘秧的身边。刘秧说找到了吗?卫国摇摇头,又往南边走。往南走了一公里,卫国又回头看刘秧是不是还坐在那里等他。刘秧说哪有这样能找到工作的,我们还是回去吧。卫国摸摸肚子,说饿坏了,你能不能请我吃一个快餐?刘秧伸手让卫国拉她。卫国把她从凳子上拉起来。他们手拉手朝西边走。走了十几米,就看见一家快餐店。他们走进快餐店吃午饭。刘秧说现在,你除了欠我五百元,还欠我一瓶矿泉水和一顿快餐。卫国说我吃完饭继续找工作,挣钱还你。刘秧说你还是死了这条心吧,这样没头没脑地走下去,恐怕十天半月也不会找到工作,恐怕把钱花光了也不会找到工作。卫国说为什么他们都不相信我?刘秧说还是回去吧,我实在是走不动了。

从快餐店出来,卫国往对面的马路看了一眼。他看见一家江南康乐公司。卫国被康乐公司门口的一块招牌深深地吸引。招牌上画着三个大大的酒坛,酒坛上写着:能喝者请来面谈,江南康乐公司诚招酒保。

看到这块招牌,卫国的鼻尖前飘过一阵酒气。他回头叫了一声刘秧,说我找到工作了。刘秧说工作在哪里?卫国指着马路那边。刘秧看看那块招牌,看了一会儿,说你能喝吗?卫国说能。刘秧笑了起来,还拍拍手掌在地上跳了几下,找了半天,原来工作在这里。她拉着卫国的手,一起走过马路。卫国吻了一下刘秧,说我说过,我能够找到工作。刘秧用手指刮了一下卫国的鼻子,说今天不是愚人节吧?

十八

他们走进公司的人事部。人事部里的一男两女扭头看着他们。卫国说我是来喝的。那位男的站起来跟卫国握手,说我是人事部部长,姓王,请问你能喝多少斤五十度的白酒?卫国说不知道。不知道是不是说你从来没有醉过,或者说能喝多少连你自己也不清楚?大概就这个意思。姓王的递了一张合同给卫国,你好好看看吧。卫国接过合同看了一会儿,说现在就喝吗?姓王的说我们已经招聘了一个能喝的,你得把他喝败我们才能录用你。卫国说如果把他喝败,你们能不能先预支我五百元工资?姓王的说只要你把他喝败什么都好说。卫国挽起衣袖,说那就开始吧。刘秧拉了一下卫国的衣袖。卫国说不用怕,我正馋着呢。

卫国被带到一个小会议室,中间摆着一张橡木茶几,茶几的两边摆着两张棕色的真皮沙发。卫国坐到一张沙发上。两位小姐托着盘子走到茶几前,她们把盘子里的酒分别放在茶几的两边。现在茶几上一边摆着五瓶五十度的白酒。周围站满了公司的职员,摄像机架在离沙发三米远的地方。但那个卫国想喝败的人迟迟未见出场,他等得有点儿不耐烦了,于是拧开了一个酒瓶的瓶盖。

小姐把拧开瓶盖的酒端走，重新又上了一瓶。小姐说请你不要提前打开瓶盖。卫国哼了一声，人群出现骚动，所有人的脖子都扭向门口。卫国看见一位理着小平头，戴着墨镜，身高一米七五，脸色微黑的小伙子走进来。他坐在卫国的对面，朝卫国点点头，还向人群挥挥手。做完这一系列动作后，他把自己面前的三瓶酒推到卫国面前，又把卫国面前的三瓶酒拉了过去。姓王的宣布比赛开始。他们各自打开瓶盖，酒香溢满客厅。卫国举起酒瓶向刘秧示意。刘秧觉得这件事很好笑，就对着卫国笑了一下。卫国把酒瓶送到嘴边，一股浓烈的酒气熏得他眼眶里泪光闪闪，鼻孔里打出一长串喷嚏。

就在卫国狼狈不堪的时候，对方一扬脖子一抬手一瓶酒不见了，它们全都灌进了他的嘴巴。围观者发出惊叹，零星的巴掌声响起。卫国勇敢地举起酒瓶，学着对方的样子，把一瓶酒灌进嘴里。这是卫国平生第一次喝这么多酒，它们以迅雷不及掩耳之势流经他的喉咙，进入他的食道。也许是速度过快的原因，卫国对这瓶酒基本没有什么感觉。但是当局者迷，旁观者清。刘秧看见卫国的脸像被大火烧了一把，顿时红了起来。星星之火可以燎原，卫国不仅脸红了，连脖子也红了。

对方一扬脖子又喝了一瓶。他脱下墨镜，看着卫国，说我叫胡作非。卫国一听就知道这是北方口音。卫国说我是西安的，叫卫国。胡作非说你就把它想象成水，一咬牙就喝下去了。卫国真的把它想象成水，一咬牙喝下去。在喝掉这瓶酒后，卫国的脸突然变成了青色，但眼眶里应该白的地方，现在全变成了红色。卫国的脑袋晃了几下，靠在沙发扶手上。刘秧叫卫国。卫国扭头看着刘秧，就像一只垂死的狗看着刘秧。刘秧说别喝了。她冲到卫国坐着的沙发旁,想把卫国歪斜的身子扶正。她每扶一下,卫国的身子就滑一下。卫国快要滑到地板上了。

突然,卫国雄赳赳地站起来,说别拉了,我没事。刘秧说这样喝下去你会没命的。卫国说五百元你不要了?刘秧说不要了。卫国说我从来不欠别人的钱,你不要,我也要还你。刘秧说你再喝我可不管了。卫国说你走吧。刘秧挤出人群,朝门口走去,她笔直的大腿苗条的身材在门口一闪就不见了。卫国想她终于走啦,在这个大厅里现在没一个认识我的。他们都不知道我是谁。

卫国收回目光,端起酒瓶,他的手和酒瓶晃动着,几滴酒洒落到茶几上。在胡作非眼里,这是多么珍贵的几滴。他说你的酒泼出来了。卫国把酒瓶放下,说我另喝一瓶。卫国拿起另一瓶,灌得嘴里发出咕咚咕咚的声音,就像一曲音乐。现场忽然安静,他们被这种美妙的声音打动。酒瓶搁回茶几,围观者这时才记得喘气。他们的喘气声此起彼伏。胡作非做了一个深呼吸,又拿起一瓶酒。他喝酒没有一点儿声音,人们只看到瓶子里的酒无声无息地减少。当他瓶子里的酒减到只剩下半瓶的时候,突然又回升了。胡作非把喝到嘴里的酒部分地吐回酒瓶,用手帕捂着嘴巴离开现场。

需要很大的力气,卫国才能睁开眼睛。他目送着被他打败的人消失在卫生间的门口。胡作非的身影刚一消失,卫国就瘫倒在地板上。他听到刘秧叫卫国,我们胜利了。卫国想原来她没有真正离开,她只是骗骗我,原来她没有离开。卫国轻轻地说皮……皮箱,快把那只该死的皮、皮箱拿来,里面有一瓶解酒药。刘秧说你说什么?我听不清楚,你能不能大声一点儿?卫国说皮、皮箱……刘秧摇晃他的肩膀,说卫国卫国,你别睡觉,我们胜利了。这是卫国听到的最后一句话。他感到很温暖,因为他听到了"我们",还听到了"胜利"。

警察赶到现场,他们搜了一遍卫国的口袋,没有搜出任何东西,只搜出一把缠满头发丝的牙刷。一位警察举着牙刷问刘秧,这是你的牙刷吗?刘秧接过牙刷,拉开缠在牙刷把上长长的发丝,突然哭了。她举着那把牙刷说卫国,你这个流氓,你这个骗子,你竟然跟过其他女人,你为什么要骗我?骗我的感情。告诉我,这是谁的头发?你告诉我这是谁的头发?你跟她睡过吗?睡过多少次?你爱她吗?她有我可爱吗?她有我漂亮吗?她比我善良吗?她是不是一个麻子?是不是一个瘸子?是不是一个骗子?你怎么会跟这样的女人?她哪里有我好。说呀,她有我善良吗?卫国……刘秧拍了一下卫国的脸。卫国的脸部已经完全僵硬,刘秧再也摇不动他的膀子了。她把卫国僵硬的头枕到自己的腿上,继续哭。呜呜呜呜……卫国呀卫国……

哭着哭着,她忽然抬起头,说警察叔叔,他真的叫卫国吗?

十九

十四岁的时候,卫国就开始想女人了。他记得那是一个夏天,有许多美好的事情跌跌撞撞地到来,空气里都是馒头的味道。河水光滑,天空干净,老师讲课的声音比鸟叫还好听。每当邻居的女孩从他家窗前走过,他的胸口就像填满炸药,爆炸一触即发。但迫于父亲的压力,他把导火线延长了再延长,发誓至少在成为教授以后才谈恋爱。由于这个誓言,他把二十八岁以前的所有精力都献给了力学。

这年夏天，年仅二十八岁的他被破格评为物理系副教授，于是他又闻到了十四年前馒头的味道。这种味道铺天盖地，像一张硕大的嘴把他一口含住。卫国被这张气味的大嘴咬得遍体鳞伤，细胞都发出了呻吟。卫国想这不就是爱情的叫声吗？河水光滑天空干净，我讲课的声音比我的老师还动听。许多和卫国年龄差不多，或稍大一点儿又没评上副教授的同事都叫卫国请客。他们碰上一次卫国，就说一次请客，说得嘴角都起了泡沫，以至于这种评上副教授与吃饭的偶然联系，在他们的反复强调中快要变成了一种必然。但是卫国嘴里虽然哼哼地答应，却没有实际行动。他想时间迟早会败坏他们的胃口。

到了周末的中午，李晓东从食堂打了一个盒饭，一边吃一边往卫国的单身宿舍走。他每走一步就往嘴里喂一口饭菜，等他走到卫国的门前，正好把盒里的饭吃完，就像是掐着秒表吃的，就像是拉着皮尺量着距离吃的。他抹了一把嘴巴，用沾满猪油的手拍打卫国的房门。那扇油漆剥落的门板，因此留下了他的掌印。掌印好像是拍到了主人的脸上，屋内立即传来一声懒洋洋的声音：谁呀？一听这声音，李晓东就知道卫国正在睡午觉。李晓东说是我。

房门裂开一条缝，缝里刮起一阵风。李晓东看见卫国穿着一条蓝色的三角裤和一件布满破洞的汗衫站在门缝里，说你有什么事？李晓东说没什么事，就是想找你聊一聊或者是下一盘象棋。卫国合上门，说我要睡午觉。李晓东把门挡住，说今天是周末，干吗要睡？卫国说你不是不知道，我有睡午觉的习惯。李晓东说核能专家卫思齐睡过午觉吗？卫国说他是他，我是我。他留过学，喜欢奶酪和生吃蔬菜，工作和生活习惯全盘西化，我又没留过学。

提到父亲卫思齐，卫国的睡意就去了一大半。他开始往身上穿一条松散的中裤。李晓东说如果你实在想睡午觉，我们只下一盘，半盘也行，我的手痒得快要犯错误了，就想摸一摸那些马那些炮。

平时，李晓东不是卫国的对手，卫国三下两下就可以把李晓东的老师吃掉。但是今天的李晓东下得特别慢，他每走一步棋都要思考半天，甚至还频频上厕所。卫国说晓东，你的膀胱破了吗？李晓东像伟人那样用双手撑住下巴，两道眉毛锁在额头上，眼睛仿佛已经洞穿了棋盘落到了地板上，也许连地板也盯烂了。看着李晓东，卫国突然笑了一下，想得眉头都打结了，却一步棋也走不动，难怪评不上副高，脑子肯定是注水了。卫国捡起床头的一张报纸漫不经心地看着，等待李晓东往下走。他把报纸从头到脚看了一遍，李晓东还一动不动。卫国想这哪里是下棋，分明是在谋财害命。他用报纸盖住棋盘，说不下了，不下了，还是睡午觉吧。

李晓东推开报纸，点燃一支烟狠狠地吸，一棵由烟雾组成的树立即从他的头上长起来。卫国又把报纸盖到棋盘上，用手指了指墙壁。李晓东顺着卫国的手指看过去，墙壁上写着"不准吸烟"。李晓东说今天可不可以例外？你都已经评上副高了，怎么还不让吸烟？卫国端起棋盘上的茶杯，举到李晓东叼着的香烟头上，香烟嗞的一声灭了。一股风正好从窗口吹进来，把棋盘上的报纸吹到了一边。李晓东用讨好的口气说让我再看看。他知道这盘棋几乎走到了尽头，最多还有三步可走。但是西出阳他们为什么还没有来？他们不来，我就不能走这三步，不能把棋这么快输掉。卫国打了一声长长的哈欠，把刚才穿上去的中裤脱了下来，重新露出那条蓝色的三角内裤，说你这棋没法走了，还是睡午觉吧，别影响我睡午觉了。

卫国刚想躺到床上，就看见戴着高度近视眼镜的西出阳出现在门口。西出阳说你们还在下？我还以为你们不等我了。卫国说等你干什么？西出阳说不是说你今天请客吗？卫国跳下床，说谁说我请客了？谁说的？我有什么理由请客？西出阳说有人打电话给我，叫我到你这里来喝酒。卫国重新躺到床上，说真是抬举我了。这时一阵乱哄哄的声音从门口传来，吕红一、夏目漱和莫怀意像一群饥饿的难民来到卫国的房间。吕红一说都来了，那么说是真的了？听说卫国要请我吃饭，我还以为是别人造谣。卫国侧脸面对墙壁，装着没有听见。吕红一和夏目漱把他从床上架起来，一直把他架出门口。卫国说你们没长眼睛吗？我还没穿裤子。他们让卫国穿上裤子，然后又架着他往楼下走。卫国说你们还没吃午饭吗？西出阳说没有。卫国说李晓东，这是怎么回事？你不是吃午饭了吗？李晓东看了西出阳一眼，说吃过了再吃，现在就去吃。卫国说我还没有带钱包。莫怀意举起一个皮夹子，说我已经帮你带上了。

卫国被他们挟持到大排档。这是学院附近有名的大排档，百来张餐桌沿马路一字排开，站在这头望不到那头，到处都是弯腰吃喝的人群。他们的头低下去，膀子高耸起来，嚼食的声音像从扩音器里传出来一样响亮。西出阳之流从中午喝到晚上，喝掉了五瓶一斤装的二锅头。除了卫国，他们每个人都有些摇晃。夏目漱举起一杯酒递给卫国。卫国说我不喝。夏目漱说无论如何你得把这杯酒喝下去。卫国摇摇头。夏目漱强行把杯子塞进卫国的嘴巴。卫国紧咬牙齿，酒从他的两个嘴角分流而出滴到他的裤子上，裤子上像下了一阵雨。夏目漱想用杯子撬开卫国的嘴巴，但是卫国的牙齿比钳子还硬，酒杯被他咬破了。

餐桌上响起一巴掌，那是李晓东拍出来的，所有的碗筷和酒杯都战战兢兢，嘈杂的声音突然消失，目光都聚集在他的脸上。李晓东的手在头发上一撩，藏在里面的一条伤疤暴露在灯光下。他说卫国，你看看这是什么？卫国说一条又长又丑的伤疤。李晓东说知道它是怎么留在上面的吗？卫国说不是偷看女生洗澡跌破的，就是小时候要不到零花钱，一头撞到桌子上撞伤的。李晓东抓起一个酒瓶在桌上一敲，酒瓶的底部立即变成了牙齿，它像张开的鲨鱼嘴对着卫国的脸。李晓东说这酒我们喝得你为什么喝不得？告诉你，这条伤疤就是劝别人喝酒时留下来的。李晓东的半截酒瓶又向前递进一步。

卫国突然想离开餐桌，但是被夏目漱一把按住。这时吕红一抓住他的左手，夏目漱抓住他的右手，莫怀意按住他的肩膀，李晓东抓住敲烂的酒瓶，西出阳端起酒杯。卫国已被重重包围。西出阳把酒杯送到卫国的嘴边，像父亲对儿子那样亲切地说喝吧，何必亏待自己呢。西出阳一连往卫国的嘴里灌了五杯二锅头，大家才把手从卫国的身上拿开。大家把手一拿开，一直站着的手里捏着酒瓶的李晓东哗啦一声坐到地板上，就像一摊水洒在地板上。他已经醉得连站的力气都没有了。

整个餐桌被卫国那张比红墨水还红的脸照亮。他稳住身子，举起酒杯说晓东，你不是说要喝酒吗，来，我和你干一杯。卫国没有看见李晓东已经跌在地板上，他的酒杯在空中晃了一下，自己就喝了起来。

051

二十

西出阳问卫国,喝了几杯后你最想干什么?卫国说想、想女人。吕红一说想谁?卫国说冯、冯尘……夏目漱说冯尘是谁?卫国一挥手,说现在我就带你们去见、见她。

卫国走在前面,其余的人都跟着他。李晓东实在醉得不行,就由莫怀意和夏目漱搀扶着。他们走走停停,像糨糊一样粘在一起,走的时候三个人一起走,斜的时候三个人一起斜。只有西出阳和吕红一还跟得上卫国的步伐。

他们来到女生宿舍门口,想从铁门闯进去。门卫拦住他们。卫国说你把冯尘给我呼呼呼出来。门卫对着话筒喊了几声冯尘。西出阳看见一个穿着花格子裙的女生从里面走出来。她的腰部细得一把就可以掐断,臀部却大得像个轮胎,胸前挺着的地方在昏暗的路灯中上下跳跃,像两个正在奔跑的运动员。西出阳预感到一件大事正朝着他们走来。女生前进一步他就后退一步。他后退一步,其他人也跟着他后退一步。他们一直退到阴暗的角落,只留下卫国一个人孤零零地站在铁门前,让门口那只一百瓦的灯泡照耀着他的头顶,同时也照耀在他头顶飞舞着的细小的蚊虫。

女生走出铁门,看见卫国站在离铁门十几米远的地方。那是什么地方?那是铁门前最明亮的地方。光线罩着卫老师。她慢腾腾地走过来,一边走一边朝四周看,没有发现别的人,就走到卫国面前,说是你找我吗,卫老师?卫国的鼻孔里喷出几声粗气,双手往前一合抱住冯尘,说冯尘,我、我……话没说清楚,他的嘴巴已经狠狠地撞到冯尘的脸上。由于撞击的速度过快产生了加速度，卫国的鼻梁一阵发酸。这一酸，使其他动作没有及时跟上。冯尘趁机扬手扇了他一巴掌。

门卫从铁门里跑出来，路过这里的学生也围了上来。都已经二十二点钟了，哪来那么多学生？他们像从地里冒出来似的，那么迅速那么密集。卫国的眼睛本来就模糊了，现在突然看见那么多学生，眼睛就更加模糊。他被那么多的学生吓怕了，紧紧地抱着冯尘，嘴里不停地说他们要干什么？

面对愈来愈多的人群，冯尘又及时地给了卫国一巴掌。这一巴掌把卫国的手打松了。他的身体像一件挂在冯尘身上的衣裳，沿着冯尘的身体往下滑落，而且还在冯尘的胸口处挂了一下。卫国横躺在地上，眼睛慢慢地合拢，像一个临死的人。冯尘这时才想起自己没有哭。我为什么不哭？我现在就放声大哭。冯尘哇的一声哭了。她哭着转身跑进女生宿舍。她的哭声就像一只高音喇叭，盖住了学生们的声音。

四名保安把卫国抬到保卫处的办公室。他们把他放到办公桌上，就像放一头刚刚杀死的猪。他们向卫国问话，回答他们的是鼾声和酒气。保安摇动他的膀子，摇哇摇，他们没有摇出话来，却从他的嘴里摇出一堆食物。保安乙端起门角的半桶水，对着办公桌上的那堆食物想冲。保安甲推开保安乙的水桶，说慢，也许这些食物对我们破案有用。四名保安立即围住那堆食物，他们的额头亲切地碰了一下，然后各自往后收缩了几厘米。他们看见这堆食物里包括了豆芽、鸡肉、苦荬菜、竹笋以及……以及什么呢？他们再也看不清楚里面还包括了些什么。学院为了节约用电，只在他们头上安装了二十五瓦的灯泡。这样的灯泡无法分辨出这么一堆复杂的食物。保安丙从抽屉里拿出一个手电筒，手电筒的光正好把那堆食物罩住。但是除了豆芽、鸡肉、苦荬菜、竹笋，即使再加几个手电筒，他们也没能多叫出一种食物的名称。在这堆食物中，有一块硬东西。保安乙说是没有嚼烂的姜。保安丁说是一块骨头。保安丙说他怎么会把骨头吞进去呢？保安甲说我看像一块石头。他们为那块坚硬的东西争论起来。

　　争了一会儿，保安乙把那半桶水提到桌子上，用一只口盅往卫国的嘴里灌水。水刚刚流进卫国的喉咙，只停了两秒钟便从他的嘴里喷出来，一直喷到天花板上，像一个小型的喷泉，水花四射，可惜没有音乐。他们不得不承认卫国是真的醉了，但是审问必须在今夜进行。他们赶走窗外的围观者，拉上窗帘，关上门，每人嘴里叼上一支烟。从他们没有完全被香烟堵死的嘴角，不时冒出：姜、骨头、石头。他们坐在办公室的沙发上，不时地争论，耐心地等着卫国开口。

　　等地板上铺满烟头的时候，卫国叫了一声水。保安甲扶起卫国，把一口盅凉开水递给他。他揉揉眼睛问保安甲，这是在哪里？保安甲说这是保卫处。卫国的口盅立即落到地板上。那是一只掉了把的搪瓷口盅，它落在地板上时没有发出破碎的响声，只是当啷当啷地在地板上滚动着，一直滚到门角才停下来。卫国说他们呢？保安甲说哪个他们？卫国说西出阳他们。保安甲说我没有看见他们。卫国跳下桌子朝门口走去。保安乙拦住他。他说别拦我，我要回家。保安乙说你把问题说清楚了才能回去。卫国说什么问题？保安乙说你对女学生耍流氓的问题。卫国说哪个女学生？保安乙说冯尘。卫国说不可能，这怎么可能？保安乙说怎么不可能，起码有三百多个学生可以做证。卫国睁大眼睛，头上像浇了一盆冷水，他现在唯一的念头就是尽快从这里逃走。

他挣脱保安乙拉开门想往外冲，保安丙立即用自己肥胖的身体堵住门缝，他的头撞到保安丙的胸口上。保安丙说你竟敢撞我？他本想向保安丙道歉，但保安丙已经把他推倒在地板上。他从地板上站起来，身体摇摇晃晃，丧失了平衡。他的手在空中挥舞着，想要抓住一件可靠的东西来稳住自己。他抓到了办公桌上的水壶。水壶摇晃一下，从桌上摔下去。一个水壶摔下去，两个水壶摔下去，三个水壶跟着摔下去。它们全摔碎了。保安丁说你竟敢砸保卫处的水壶？卫国听保安丁这么一说，身子竟然不摇晃了。他想才几秒钟时间，我又是撞保安又是砸水壶，这不是罪上加罪吗？我可是彻底完蛋啦。但是我要从这里出去，我只想从这里出去，我不撞你们不打你们不砸水壶不对女学生耍流氓，真的，我只想从这里出去。

卫国抓起一把椅子护住自己的胸膛朝门边走。保安甲说你想打架吗？卫国说不，我要出去。保安甲说把椅子放下。卫国说只要让我走出门口，我就把椅子放下。但是我求你们，求你们不要往我的椅子上撞。保安甲伸手去抓卫国手里的椅子。卫国把椅子高高地举起来，在举的一瞬间椅子腿挂到了保安甲的下巴。保安甲倒下了，下巴冒出一股鲜血。保安乙说你竟敢打保安？放下，你再不放下，我就把你铐起来。卫国想我又犯下了一条打保安的罪名，这下可真完蛋啦，完蛋就完蛋吧。他举起椅子，朝玻璃窗砸过去，窗口上的玻璃稀里哗啦地塌下来。他一屁股坐在玻璃上，嘴里发出呜呜呜的哭声，哭声夹杂着说话声。我叫你不要往椅子上撞，你偏要往椅子上撞，这不是逼我吗？我都快三十岁了，还没谈过恋爱，都已经是副教授了，还没吻过女人。你们干吗还要逼我？

二十一

被卫国拥抱之后,冯尘给母亲打了一个电话。这一夜她几乎没有合眼。墙壁是黑的,窗口也是黑的。她看见一只手,正在黑漆漆的窗口上粉刷。那只手一来一往,把白色的油漆均匀地涂到方框里,刷子所到之处,窗口慢慢地变白。几丝黏稠的油漆从刷子上脱离,滴到窗台上,窗台于是也变白了。

天亮了,冯尘从床上坐起来,第一个念头就是去食堂打早餐。但是她想这是不是太正常了?我既不能去打早餐,也不应该去上课。冯尘重新躺到床上,一躺就躺到下午。这一次她是真的睡着了。

冯尘是被楼下的一阵气喘声惊醒的,那是哮喘病患者发出来的粗糙而又亲切的喘息声,现在它正沿着楼梯逶迤而上,一直逶迤到她的床前。听到喘息声隔着蚊帐喷到自己的脸上,冯尘突然想哭。但是她怎么也哭不起来。冯尘打开蚊帐,看见母亲红歌的眼圈让那些差不多要流出来的泪水泡红了。母亲抹了一把眼眶,说你哭过了吗?冯尘说哭过了。母亲说我想见见他。冯尘说可是我不想见他。母亲说你以为我真想见他吗?不,是我的手掌想见他。自从接了你的电话,我的手掌一直都在躁动,现在已迫不及待了。冯尘说你想对他怎样?母亲说不怎么样,就想狠狠地扇他一巴掌。冯尘说我已经扇过了。母亲说他这么流氓,一巴掌算得了什么?一巴掌算是便宜他了。冯尘说还是算了吧,我还要在学校待下去。母亲说怎么能算了?我把你养大容易吗?我跟单位请假容易吗?好不容易来一趟,怎么能算了?你去不去?你不去我就一头撞死算了。

冯尘带着母亲来到卫国住宿的单身汉楼前。这时太阳正好偏西，光线照着她们的背部。尽管她们离楼房还有十几米远，但是她们的影子却先期爬上了楼梯。红歌比冯尘肥胖一倍，所以她的影子也比冯尘的影子肥胖一倍。她走一步骂一句，每一声骂都顶得上一颗炮仗。冯尘说妈，你能不能小点儿声？红歌说我干吗要小点儿声？又不是我耍流氓。冯尘弯下腰，说妈，我的凉鞋坏了，我走不动了。红歌推了冯尘一把，说那就提着凉鞋走，告诉我他住在哪一间？冯尘指着四楼的一个房间。红歌甩下冯尘，朝着四楼飞奔而去。喘息声消失了，母亲身轻如燕，跑得比卡尔·刘易斯还快。

楼上很快就传来了拍门声和母亲的叫骂声：你这个流氓，为什么不开门？你怕了是不是？既然害怕，为什么还抱我的女儿？谁抱我的女儿，谁就不得好死。开门，快开门，让我看看你的脸皮有多厚？让我看看你的脸皮有几斤？让我看看你经不经得起我的一巴掌？

冯尘冲到四楼，看见母亲还执着地拍打着门板，每一次都把她肥大的手掌拍到门板的一个手印上。嘭嘭嘭……门板快要被拍垮了。冯尘的到来，使红歌的胆子更壮。她说你来得正好，现在你跟着我一起骂，我骂一句，你骂一句，一直把这扇门骂开。红歌清清嗓子，骂道：你也有父母，你也有姐妹，如果别人对你的亲人耍流氓，你会怎么想？骂呀，冯尘，你怎么不骂？冯尘犹豫了一下，骂道：你也有父母，你也有姐妹，如果别人对你的亲人耍流氓，你会怎么想？红歌的手臂在空气中一挥，说你的声音比蚊子的声音还小，连我都听不清楚，他怎么会听见？你要骂大声一点儿，还要愤怒，就像我这样。红歌张开大嘴，提高嗓门：你也有父母……来，再来一次。冯尘张了几次嘴巴都没有骂成。她看见七八个老师围过来。冯尘说妈，你别在这里丢人现眼了。红歌说我丢什么人了？丢人的是他。你到底骂不骂？冯尘说不骂。红歌说你真的不骂？冯尘说不骂。红歌说原来你并不恨他，原来你跟他是一丘之貉。你不骂我骂。红歌扯着嗓门又骂了起来，谁对我的女儿耍流氓，谁就给我站出来，知道吗？这是要负法律责任的……

冯尘转身跑开。

二十二

西出阳跑到保卫处，看见四名保安端坐在各自的座位上，保安甲的下巴贴着一块纱布。西出阳问卫国呢？你们把卫国关到哪里去了？四名保安相互看了一眼，没有谁回答西出阳。西出阳说一定是出事了，卫国的房门和窗户紧闭着，冯尘的母亲在他门口骂了大半天都没有把门骂开。保安乙说我们已经把他放了，天差不多亮的时候他才从我们这里出去。西出阳说他会不会自杀？保安乙说不会吧，我们只叫他按了一个手印，他连手都没有洗，就走了。西出阳说你们还是去看看吧。

保安乙和保安丙跟着西出阳来到卫国的房门前。红歌就像看见了救星，说盼星星盼月亮，终于把你们给盼来了。你们把他叫出来，让我扇他一巴掌，就一巴掌，否则我就站在这里直到把他骂死。保安丙推开红歌，拍了几下卫国的门板，大叫几声卫国。屋子里没有声音。保安丙解下皮带上的警棍，对着门框上的气窗来了一下，玻璃哗啦哗啦地掉下来。保安乙双脚往上一跳，两手抓住门上方的横条，做了一个引体向上，头部从气窗伸进去。他看见里面摆着一张床，床上铺着凌乱的床单，旁边一个锑桶、一个皮箱、一个衣柜、一个书桌、一把藤椅、一张小圆桌、四张折叠椅，就是没有人。他摇摇头，双手一松，身体落地，说他不在里面，除非他睡到床铺底下。他会睡到床铺下吗？他是什么职称？西出阳说副高。保安乙说那他不可能睡到床铺底下。我们没有逼供，他怎么会不见了呢？也许他出去喝酒了。你叫什么名字？西出阳。保安乙说有什么情况随时向我们汇报。

一连两天，西出阳都在注意卫国的宿舍。一切迹象表明，卫国不在宿舍里。到了第三天下午，西出阳发现一股浓烟从保安敲碎的气窗里冒出来。西出阳一口气跑上四楼，双手扒到气窗上。他看见屋子里除了烟雾还是烟雾，一个模糊的身影正在烟雾里烧信件。西出阳说卫国，你千万别想不开，你千万别把那些论文烧了，别把研究宇宙飞船的资料烧了。卫国只管低头烧信，没有抬头看扒在气窗上的西出阳。西出阳扒了一会儿，手臂一松掉到走廊上。他甩甩手，休息一会儿，又重新扒上去。如此反复几次，烟雾愈来愈浓，那个模糊的卫国已经被浓烟紧紧地包裹。西出阳踢了几下门板。门开处，一股呛鼻的气味冲出来。卫国的身子摇晃一下，勉强靠在门框上。西出阳发现卫国的脸瘦了一圈，像蜕了一层壳。西出阳说原来你真的在里面？他们没有看见你，你是不是睡在床铺底下？卫国用舌头舔舔嘴唇，说水。西出阳把耳朵贴到卫国的嘴上，说什么？你说什么？卫国说我要辞职。

二十三

卫国抱着讲义夹走进教室时，学生们还以为走进来的是一位新老师。等他站到讲台上，用目光在教室里扫了一遍以后，学生们才记起这张似曾相识的面孔。卫国瘦得连一阵轻风就可以把他吹倒。

教室里座无虚席，这使卫国的心里略略有一丝兴奋。他放下讲义夹转身在黑板上写下一个大大的N和一个大大的S，然后指着N说，同学们，这是什么？学生们回答北极。他又用手指了一下S，学生们回答南极。他说你们都知道，这是磁极中的南极和北极，它们只要稍微靠近就会紧紧地贴在一起。现在我给它们分别加上一个名字。卫国在N的旁边写上张三，在S的旁边写上李四。

如果给它们一加上名字，你们会想到什么？秦度你说说。秦度站起来，说它们一个是男人一个是女人。教室里滚过一阵笑声。卫国说坐下，冯尘同学。卫国朝冯尘看过去，一些知道内情的学生也跟着卫国的目光朝冯尘看过去。冯尘把脸埋在课桌上，一堆浓黑的头发盖住她的脸。卫国说冯尘同学，请你站起来回答问题。冯尘同学还是没有站起来。卫国叫周汉平同学。周汉平站起来。卫国说如果你看到N和S贴在一起会惊讶吗？周汉平说不会。卫国说但是你看到张三和李四贴在一起，是不是很惊讶？周汉平说有一点儿。

卫国拍拍讲台，一团粉笔灰蹿起来，像雪花弥漫。学生们再也看不见他，但是却听得见他。他说物与物异性相吸是一种我们司空见惯的现象，但是人与人为什么就不被司空见惯？其实我们都是女娲用泥巴捏出来的一种物。我们都是泥巴。在卫国的"巴"字声中，粉笔灰纷纷下落，卫国又重新回到学生们的视野。这时他看见周汉平仍然站着，就说了一声坐下。周汉平坐下。

我已经好几天没睡觉了，你们看，卫国摸了摸自己的下巴说你们都快认不出我了吧？这时卫国发现冯尘的头发裂开了一道缝。她一定是在偷偷地看我。卫国举起一张纸，说知道我为什么这么瘦吗？就是为了这一份问卷。希望你们本着为老师负责的精神，认真地回答。

卫国从讲义夹里拉出一沓问卷走下讲台，分发给学生。问卷的内容包括"辞职有什么利弊""卫老师应不应该辞职"两项。发完问卷，卫国背着双手像平时监考那样在教室的空道里走来走去。他的身体在走，眼角的余光却落在冯尘的头发上。冯尘一直把头埋着。卫国想她还是碍于面子。这时，保安乙和保安丙拿着一个本子走进教室。卫国说出去，没看见正在考试吗？保安丙打开本子，说请你按一个手印。卫国说不是按过了吗？保安丙说那是要流氓的，这是殴打保安和砸窗口的。卫国说你才要流氓。我没有殴打保安，是保安自己碰到椅子上。保安乙说保安就是傻瓜吗？就会自己往椅子上碰吗？你把我们当什么人了？卫国说你们承不承认那晚我喝醉了？保安乙说打人的时候，你已经不醉了。卫国一转身，说同学们，真是冤啦，那天下午我们喝了五瓶二锅头，他们竟然说我没喝醉？真是岂有此理！你们知道我从来不喝酒，可是那天下午我们喝了五瓶，我一个人就差不多喝了一斤，他们竟然说我没喝醉？

说着说着，卫国发现所有的学生都在看着他笑。他们的嘴巴张大了，声音却没有传到我的耳朵里。我的耳朵出问题了吗？我干吗要跟学生说这些？卫国说能不能出去谈？保安丙说你不按手印我们就不出去。卫国夺过保安丙手里的本子，把右手的大拇指戳进印油，然后在本子上狠狠地按了一下。这下你满意了吧？卫国把本子丢到地上说，滚出去。保安丙捡起本子，退出教室。

061

二十四

下课时，卫国紧紧地攥着这些皱巴巴的问卷走出教室。他看见有的问卷上只简单地写着：利或弊；应该或不应该。有的问卷则长篇大论，话题从国外的政治经济形势引申到国内的政治经济形势，问卷的正面写满了，接着写问卷的背面，但是一直写到最后一个句号，也没讲明该不该辞职，没有给他指出方向。有一半的问卷上写道：卫老师辞职是我院的重大损失。也有几张问卷写着：与我无关。卫国在这一大团乱糟糟的问卷中翻来翻去，他在急迫地寻找熟悉的字体。终于他从四十多张问卷中找到了冯尘的那张，上面写着：弃权。

卫国的脑袋轰地一响。起先他以为是心理的，但仅仅千分之一秒钟疼痛就由脑门向全身扩散。这时他才明白，这是一次真正的响，他的脑门撞到了路边的水泥电线杆。他摸着正在起包的脑门自言自语：我又不是陈景润，为何要撞电线杆？他揉揉那个包，把问卷统统丢进垃圾桶。

同学们拿着饭盒从教室里出来，往第三食堂走去。冯尘最后出来，她的手里拿着一个铝饭盒。她一边走一边甩动手臂，像是要把饭盒里的水甩干。等冯尘来到面前，卫国叫了她的名字。冯尘张了一下嘴巴，满脸惊讶。卫国问为什么弃权？冯尘看了看周围，没有发现熟人，便站在原地不停地甩着饭盒。卫国说你的意见怎样？辞或是不辞？冯尘忍受不了卫国逼人的目光，扭头看着那只装满问卷的垃圾桶。卫国说我就想听听你的意见。冯尘的嘴巴动了一下。卫国以为答案就要从那里出来了，于是拉长耳朵等待。耳朵快拉到了下巴上，答案还没出现。卫国有一丝失望。卫国说你叫我辞,我就辞,我只在乎你的意见。冯尘又动了动嘴巴,问非得说吗?卫国说非得说。冯尘说辞得越快越好,别让我再看到你。

说完这句话,冯尘就拿着饭盒往前跑。跑了十几步,饭盒当啷一声掉到地上。她停下来捡饭盒,卫国追了上去。卫国说那天你母亲骂我,我全听到了。我已经没有父母,他们都死了。我也没有兄弟姐妹。我没有亲人,所以我不知道他们被人耍流氓时,我会是一种什么样的感受。冯尘捡起饭盒,骂了一声流氓,继续朝前跑。卫国对着她的背影说,我不是耍流氓,我是认真的。

流氓,你就是耍流氓,你要是再纠缠,我就起诉你。

二十五

卫国敲开西出阳的房门,看见西出阳穿着一条三角裤衩躺在床上。卫国说她恨死我了。西出阳说她不告你,已经很给面子了。卫国说我是真的爱她,如果不是醉酒,我会等到她毕业以后再表白。西出阳对着眼镜哈了一口气,用纸巾擦着厚厚的镜片,说那天晚上你是真醉还是假醉?卫国说不是你把我灌醉的吗?西出阳说我是第一个醉的,我什么也不记得了,我还以为你是装醉。卫国想他竟然不记得了,明明是他把我灌醉的,他竟然不记得了,竖子不足与谋。

敲了好久,吕红一才把门打开。卫国看见吕红一的房间里坐着一个女的,床下散落几团卫生纸,到处都是青草的味道。卫国说正忙呢?吕红一说没关系,进来吧。卫国走进来,坐到书桌前的藤椅上。卫国说她骂我流氓了,你说我还有没有戏?吕红一没说话,只一个劲地朝卫国点头,傻笑,还不停地跟姑娘挤眉弄眼。卫国想他根本就没听,于是刹住话头。吕红一以为卫国还在讲,头依然在点,脸依然在笑。卫国说你点点点什么?我都不说话了。吕红一啊了一声,说我一直在听呢,你为什么不说了?卫国说我就想请你帮我判断一下,我对冯尘还有没有戏?吕红一笑笑,说你说什么?卫国从藤椅上站起来,说你根本就没听我说话。

站在楼外的草地上,卫国的额头上挂满汗珠。他把狐朋狗友都想了一遍,顿觉这个中午没有一点儿意思,虽然阳光灿烂,蝉声高唱,但就是没意思。他不知道下一步该往哪里,便漫无目的地走着,走到了莫怀意的门前,看见门板上贴着一张字条:"本人已出差,有事请留言。"一支铅笔吊在门框上轻轻地晃动,一沓裁好的纸片装在一个纸盒里。卫国好奇地把那些纸片掏出来,纸片上干干净净,一句留言都没有。卫国把那些纸片放进去,再往前走两间,到了夏目漱的房间。他敲了敲门板,里面无反应,便把耳朵贴到门板上,什么也没听见。难道你们都出差了吗?

现在所有的希望都寄托在李晓东身上。卫国朝前走了三百米,转了两次弯,来到十九栋李晓东的门前。李晓东的门敞着,他正平举哑铃做扩胸运动。卫国说晓东,我是来跟你道别的,我要辞职了。他的语气里有一丝凄凉,把李晓东的热汗吓成了冷汗。李晓东放下哑铃,伸手摸卫国的脑门,说你没有犯病吧?卫国打掉李晓东的手,说你才犯病。李晓东说不犯病干吗辞职?开什么国际玩笑?你刚评上副高,干吗要辞职?卫国说不干吗。李晓东摇摇头,捡起哑铃又练了起来。卫国听到他的喘气声愈来愈粗,忽然,他冒了一句:你怎么会辞职?我知道你是在跟我开玩笑。卫国转身离去。

午休时间,校园的大道上只有稀稀拉拉的几个人。卫国走在大道上，有些迷茫。身后，突然刮起一阵风，半张报纸吹到他的脚后跟。他朝报纸踢了一下。报纸似乎害羞了，停在原地打转，等卫国往前走了几步，它又跟上。卫国拐弯，它也跟着拐弯，好像它是他养的一只宠物。卫国弯腰把报纸捡起来，瞄了瞄，发现上面登着一则招聘启事。卫国赶紧拍掉报纸上灰尘，眼睛顿时亮了。

二十六

收拾好皮箱，卫国想总得找个人告别吧，有谁值得告别呢？没有。他呆呆地坐在皮箱上，看着手表，鼻孔里涌起一股酸涩。他抽抽鼻子，说冯尘，对不起，请接受我的道歉，请原谅。墙壁静悄悄的，上面贴着"不准吸烟"四个字。

卫国提着皮箱朝校门走去。几辆的士从他面前驶过，他没有招手。他想一步一步地走出这个他生活了几年的校园，甚至还想量一量从他住宿的地方到校门口到底有多少米。他一步一步地量着，当他量到莫怀意宿舍的时候，忽然想弯进去给莫怀意留几句话。也许，他是值得我告别的，也许他一点儿也不值得我告别，但是，我总得跟一个人告别，我不是灰尘，又不是风，我得留下信息，免得他们报案或者到河里去找尸体。

怀意兄，我没脸待下去了，我走了。

卫国看看自己的留言，似乎是不满意。他把纸片捏成一团丢到地上，掏出一张新的纸片另写。他写道：怀意兄，只有你才是我的兄弟，所以我要告诉你，我走了。卫国看了一会儿留言，摇摇头，又把纸片捏成一团，丢到地上，重新掏出一张，发了一会儿呆，然后写道：怀意兄，不要问我到哪里去，我的故乡在远方。

他对着纸片又看了一会儿，仍然不满意。他不知道写什么好，拿着铅笔的手开始抖动起来，新的纸片被他戳出了好几个洞，一滴泪掉到纸片上。卫国想我哭了吗？我怎么哭了？真没出息。卫国抹了一把眼角，写道：怀意，请代我向冯尘道个歉，我去海边找工作，谢谢！你的朋友卫国。

二十七

卫国提着皮箱爬上一列南下的火车。火车驶出郊外，他透过车窗看见学院的围墙和冒出围墙的楼房、树顶。多么熟悉的围墙，多么浓烈的酒味。卫国闻到了从几公里之外的校园飘过来的酒味。

火车哐当哐当，窗外闪过一座座村庄和一排排树。卫国突然感到脖子上奇痒难耐，用手抓了一下脖子，抓出一根头发。头发愈拉愈长，他用双手把它绷直，发现这是一根微微卷曲的头发，发梢染成黄色。目测，头发长约六厘米。谁的头发？卫国看看对铺，是个短发男人，抬头，看见一位女人盘腿坐在中铺梳头。她的身子微微外倾，头发悬在空中，每梳一下，就有几根头发掉下来，落在卫国的头上、肩上。

女人发现卫国瞪着两只涂满生血的眼睛，目不转睛地看着自己，忙从中铺跳到下铺，嘴里不停地说对不起，我不是故意的，我马上给你拈掉。她的手指在卫国的脖子上和肩膀上拈了起来。她拈一下，卫国的脖子就缩一下，好像她不是在他的脖子上拈头发，而是往他的脖子里放冰块。拈了一会儿，她的手里累积了十几根长发。她把长发缠到牙刷把上，绿色的牙刷把变成了黑色的牙刷把。

火车在她缠完头发的时候到达一个车站，车窗外挤满食品推车，七八根粗细不一黑白分明的手臂从窗口伸进来。她从那些手臂上买了一大堆食品。拿到钱的手臂从窗口退出去，但新的手臂又举着食物伸进来。手臂们坚持着，一直等到火车晃动，才恋恋不舍地消失。

当她确认火车已经启动，便把一只鸡腿高高地举起，递到卫国的嘴边，说吃吧。卫国摇摇头。她说别客气，我叫顾南丹。卫国说不饿。顾南丹说不饿也得吃，谁叫我的头发掉到了你的脖子上呢？这只鸡腿，算是我给你的精神赔偿费。卫国接过鸡腿，放到边桌的饭盒上。火车晃了一下，鸡腿差点儿滚下来。卫国的双手及时护住鸡腿。

所有的人都在吃，包括顾南丹。他们满嘴流油。车厢里充斥着鸡腿、牛肉干、方便面、瓜子和花生的气味。在他们呱嗒呱嗒的嚼食声中，卫国忽然内急。他弯腰从卧铺底掏出皮箱，提着它往过道走，不小心，皮箱角挂住顾南丹的裙角。他每往前走一步，顾南丹的裙子就被撩起来十厘米。十厘米又十厘米，顾南丹的红裤衩都几乎暴露无遗了。关键时刻，顾南丹扯下裙角骂了一句流氓。卫国对"流氓"这两个字特别敏感，警惕地回头，发现顾南丹的脸唰地红了。卫国本想解释，但他实在是急得厉害，便提着皮箱朝厕所跑去。奔跑中，他的皮箱对过道上的人都进行了合理的冲撞。凡是被皮箱合理过的人，都盯着卫国，他们看见厕所那扇狭窄的门，快要让卫国和他的皮箱挤破了。

等到厕所外排起了长队，卫国才提着皮箱大摇大摆地走出来。这一下他轻松从容多了。他慢腾腾地走回自己的卧铺，看见他们还在吃，但是个别同志已经在用牙签剔牙齿了。卫国把皮箱塞到卧铺底下，打了一个饱嗝，伸了一个懒腰，一副酒足饭饱的样子。顾南丹吐出一粒瓜子壳，说我以为你要到站了。卫国说时间还长呢。顾南丹说那你刚才去哪里了？卫国说厕所。正在吃的人们听说他刚上厕所，都离开他站到过道上去吃。顾南丹往嘴里丢了一粒瓜子，说上厕所干吗提着皮箱？卫国说你知道这是一只什么皮箱吗？顾南丹说不就是一只皮箱吗？卫国说它是我爸爸留苏时用过的皮箱。我爸爸，你知道吗？顾南丹说我怎么知道？卫国说卫思齐，著名的核能专家，参加过中国的第一颗原子弹爆炸试验。顾南丹像真的看到原子弹爆炸那样惊讶地张开嘴巴。

这是一张稍施口红的小嘴巴，在它张开的时候，粉红色的舌头上还搁着一粒黑瓜子。卫国的欲望被这张嘴巴挑逗，全身的皮肉在一刹那绷紧。他学着她的样子，也张了一下嘴巴，但是顾南丹没有被卫国张开的嘴巴吸引。卫国想是不是自己张得太大了，像一头河马，搞不好还有口臭。

卫国盯住顾南丹。顾南丹扭头看着窗外。卫国紧盯不放。顾南丹死鸡撑硬颈，坚持了一会儿，最终还是抵挡不住卫国的流氓习气。她抓起茶杯。卫国说去哪里？顾南丹说打水。卫国抢过她的茶杯，说我去帮你打。卫国像一个小孩，兴奋地跑过去，很快就打回了一杯热气腾腾的开水。卫国指着杯里的开水说，你怎么能自己去打水，万一烫伤了怎么办？你看看，你的皮肤那么嫩，哪里经得起烫。你的身材那么苗条，火车稍稍一晃，你就有可能跌倒。顾南丹眉开眼笑，说不至于吧，你是去北海吗？卫国点点头。顾南丹说旅游？卫国摇头。顾南丹说到北海的人大部分是旅游，到北海不到海边住几天，冲冲浪，那简直是白到。卫国说我连海都没见过。顾南丹再次惊异地张开嘴巴，说不会吧，怎么会呢？

让顾南丹不停地张开嘴巴，是卫国期待的效果。他想一路上我要以她不停地张开惊讶的嘴巴为目的。于是卫国开始说一些他看到过的故事和新闻。他说有一个歹人，在酒里下了蒙汗药，把一对夫妇灌醉，抢了他们十万多块钱，然后反绑他们的手，把他们塞进一个油桶……顾南丹的脖子缩了起来，说太可怕了，你别说了，我想下去买一个哈密瓜。卫国说等火车一到站，我就下去买。顾南丹说火车早就到站了。这时，卫国才发现火车已经到了一个小站。他跑下去买了一个大大的哈密瓜，放到边桌上。火车鸣了一声长笛，哈密瓜晃动起来。卫国和顾南丹同时把手按到哈密瓜上。他们的手碰到一起。站台渐渐退去。卫国说装进油桶还不算什么，他还用水泥把油桶封死，然后把油桶沉到河里。这成了一桩悬案，但凶手想不到半个月之后，河水突然枯干，油桶露出水面，有好奇的人戳开油桶，发现里面封着两具死尸。公安局接到报案后，立即展开侦查，最后发现凶手是死者生前的好友。

顾南丹再次惊讶地张开嘴巴，甚至还伸出舌头。她终于伸出舌头了。卫国说所以小顾，出门千万要小心，不要相信任何人。顾南丹说那么我应该相信你吗？卫国说当然，我是什么人？我是好人。顾南丹说好人和坏人又不写到脸上，谁知道？

卫国在脑海里搜索另一个故事，想再吓吓顾南丹。但顾南丹不买账，她打了一个哈欠。卫国说想睡了吗？顾南丹说好困哪。卫国说你睡我的下铺吧，省得你爬上爬下的。顾南丹说那就谢谢了。卫国说我们没还吃哈密瓜呢。顾南丹从包里掏出一把长长的水果刀。卫国把哈密瓜破开。他们吃了几瓣哈密瓜就睡觉。

卫国睡到中铺，顾南丹睡到下铺。

《收获》2000年第5期

歇马山庄的两个女人

孙惠芬

李平结婚这天,潘桃远远地站在自家门外看光景。潘桃穿着乳白色羽绒大衣,脸上带着浅浅的笑。潘桃也是歇马山庄新媳妇,昨天才从城里旅行结婚回来。潘桃最不喜欢结婚大操大办,穿着大红大紫的衣服,身前身后被人围着,好像展览自己。关键是,潘桃不喜欢火爆,什么事情搞到最火爆,就意味已经到了顶峰,而结婚,只不过是女孩子人生道路上的一个转折,哪里是什么顶峰?再说,有顶峰就有低谷,多少乡下女孩子,结婚那天又吹又打披红挂绿,俨然是个公主、皇后、贵妇人,可是没几天,不等身上的衣服和脸上的胭脂褪了色,就水落石出地过起穷日子。潘桃绝不想在一时的火爆过去之后,用她的一生,来走她心情的下坡路。于是,她为自己张罗了一个简单的婚礼,跟新夫玉柱到城里旅行了一趟。城就是玉柱当农民工盖楼的那个城,不小也不算大,他们在一个小巷里的招待所住了两晚,玉柱请她吃了一顿肯德基,一顿米饭炒菜,剩下的,就是随便什么旮旯小馆,一人一碗葱花面。他们没有穿红挂绿，穿的，是潘桃在镇子上早就买好的运动装，两套素色的白，外边罩着羽绒服。他们朴素得不能再朴素，平常得不能再平常，然而越平常，越朴素，越不让人们看出他们是新婚，他们的快乐就越是浓烈。他们白天坐电车逛商场只顾买东西，像两个小贩子，回到招待所，可就大不一样。他们晚上回来，犹如两只制造了隐私的小兽，先是对看，然后大笑，然后就床上床下毫无顾忌地疯。事实证明，幸福是不能分享的，你的幸福被别人分享多少，你的幸福就少了多少。这是一道极简单的减法算式，多少大操大办的人家，一场婚事下来，无不叫喊打死再也不要办了，简直不是结婚，是发昏。可是在歇马山庄，没有谁能逃脱这样的宿命。潘桃这看似朴素的婚礼，其实是一种精心的选择，是对宿命的抗拒。潘桃的朴素里，包含了真正的高雅。潘桃的朴素里，其实一点都不朴素，是另外一种张扬。它真正张扬了潘桃心中的自己。有了这样巨大的幸福，有了这样巨大的与众不同，从城里回来，潘桃与以前判若两人，见人早早打招呼说话，再也不似从前那样傲慢。不但如此，今天一早，村东头于成子家的鼓乐还没响起，潘桃就走出屋子，随婆婆一道，站在院外墙边，远远地朝东街看着。

　　同是看光景，潘桃的看和婆婆的看显然很不一样。潘桃尽管在笑，但她的看是居高临下的，或者说，是因为有了居高临下的态度，她才露出浅浅的笑。她笑里的目光，是审视，是拒绝与光景中的情景沟通与共鸣的审视，好像在说，看吧，看能热闹到什么程度！也好像在说，看呗，不就是热闹吗？婆婆的看却是投入的，是极尽所能去感受、去贴近那热闹的。她先是站在院外墙边，当鼓乐通过长长的街脖传过来，就三步并成两步蹿到大街对面的菜地里。婆婆张着嘴，目光里的游丝是顺着地垄和街脖爬过去的，充满了眼气和羡慕。歇马山庄多年来一直时兴豆子宴，潘桃的婆婆为儿子结婚攒了多少年的豆子，小豆黄豆绿豆花生豆，偏厦里装豆的袋子烂了一茬又一茬，陈换新新压陈，豆子里的虫子都等绿了眼睛，可是，就在临近结婚半个月的时候，潘桃亲自上门宣布旅行结婚的计划。大妈，俺想旅行结婚。潘桃语气十分柔和，眼里的笑躲在两湾清澈的水里，羞怯中闪着小心翼翼的波光。可是在婆婆看来，潘桃清澈的眼睛里躲的可不是笑，而是彻头彻尾的严肃；羞怯里闪动的，也不是小心翼翼，而是理直气壮的命令。因为潘桃说完这句话，立即又跟上一句"玉柱也同意旅行结婚"。婆婆的眼睛于是也像豆子里的虫子，绿了起来。潘桃婆婆嫁到歇马山庄，真就没憷过谁，她当然不会憷潘桃，但是她还是没有说出自己的想法。她淡淡地说，玉柱同意旅那就旅吧。

其实潘桃婆婆最了解自己，她憷的从来都不是别人，而是自己，是自己在儿子面前的无骨。她流产三次保住了一个儿子，打月子里开始，儿子的要求在她那里就高于一切。儿子打喷嚏她就头痛；儿子三岁时指着大人脚上的皮鞋喊要，她就爬山越岭上县城买；儿子十六岁那年，书念得好好的，有一天放学回来，把家里装衣服的木箱拆了，说要学木匠，她居然会把另一只木箱也搬出来让他拆。村里人说，这是命数，是女人前世欠了别人的，这世要她在儿子身上还。潘桃从她最无骨的地方下刀子，疼是真疼，空虚却是持久的。儿子带儿媳出去旅行那几天，看着空落寂寞的院落，她空虚得差点变成一只空壳飘起来。别人家的热闹当然不是自己家的热闹，但潘桃婆婆还是像看戏一样，投入了真的感情，只要投入了真的感情，将戏里的事想成自家的事，照样会得到意外的满足。

　　李平是十点一刻才来到歇马山庄屯街上的。这时候人们并不知道她叫李平，大家只喊成子媳妇。来啦，成子媳妇来啦。男人女人，在街的两侧一溜两行。冬天是歇马山庄人口最全的时候，也是山庄里最充闲的时候，农民工们全都从外边回来了。男人回来了，女人和孩子就格外活跃，人群里不时爆出一声喊叫。红轿子在凹凸不平的乡道上徐徐地爬，像一只瓢虫，轿子后边是一辆黄海大客，车体黄一道白一道仿佛柞树上的豆虫，黄海大客后边，便是一辆敞篷车，一个穿着夹克的小伙子扛着录像机正瞄准黄海大客的屁股。成子家在屯子东头，女方车来必经长长的屯街，这一来，一场婚礼的展示就从屯西头开始了。人们纷纷将目光从鼓乐响起的东头拉回来，朝西边的车队看去。人们回转头，是怕轿车从自己眼皮底下稍纵即逝，可万万没想到，领头的红轿车爬着爬着，爬到潘桃家门口时，会停下来，红轿子停下，黄海大客也停下，唯敞篷车不停，敞篷车拉着录像师，越过大客越过红轿开到最前边。敞篷车开到前边，录像师从车上跳下来，调好镜头，朝轿车走去。这时，只见轿车门打开，一对新人分别从两侧走下，又慢慢走到车前，挽手走来。山庄人再孤陋寡闻，也是见过有录像的婚礼，可是他们确实没有见过刚入街口就下车录像的，关键这是大冬天，空气凛冽得一哈气就能结冰，成子媳妇居然穿着一件单薄的大红婚纱，成子媳妇的脖子居然露着白白的颈窝。人们震惊之余，一阵唏嘘，唏嘘之余，不免也大饱了一次眼福。

　　坐轿车、录像、披婚纱，这一切，在潘桃那里，都是预料之中的，最让潘桃想不到的，是车竟然在她家门口停了下来。车停下也不要紧,成子媳妇竟然离家门口那么远就下了车。因为出其不意,潘桃的居高临下受到冲击,她本是一个旁观者的,站在河的彼岸,观看旋涡里飞溅的泡沫、拍岸的浪花,那泡沫和浪花跟她实在是毫无关系,可是,她怎么也不能想到,转眼之间,她竟站在了旋涡之中,泡沫和浪花真的就湿了她的眼和脸。距离改变了潘桃对一桩婚事的态度,不设防的拉近使潘桃一时迷失了早上以来所拥有的姿态。她脸上的笑散去了,随之而来的是不知所措,是心口一阵慌跳。慌乱中,潘桃闻到冰冷的空气中飘然而来的一股清香,接着,她看到了一点也没有乡村模样的成子媳妇。一个精心修饰和打扮的新娘怎么看都是漂亮的,可是成子媳妇眼神和表情所传达的气息,绝不是漂亮所能概括,她太洋气了,太城市了,她简直就是电影里的空姐。她的目光相当专注,好像前边有磁石的吸引,她的腰身相当挺拔,好像河岸雨后的白杨。她其实真的算不上漂亮,眼睛不大,嘴唇略微翻翘,可是潘桃被深深震撼了,刺疼了,潘桃听到自己耳朵里有什么东西响了一下,接着,身体里某个部位开始隐隐作痛,再接着,她的眼睛迷茫了,她的眼睛里闪出了五六个太阳。

潘桃和成子媳妇的友谊,就是从那些太阳的光芒里开始的。

一

同样都是新媳妇,潘桃结婚,人们还叫她潘桃,潘桃从歇马山庄嫁到歇马山庄,人们不习惯改变叫法。成子媳妇却不同,她从另一个县的另一个村嫁过来,人们不知她的名字,就顺理成章叫她成子媳妇。至于成子媳妇结婚那天到底有多风光,潘桃只看那么一眼,就能大约有所领会。那一天鼓乐声在村头没日没夜地震响,村里所有男女老少都跟了过去。一些跟成子家没有人情来往的人家,为了追求现场感,都随了礼钱。潘桃婆婆现跑回家翻箱底儿。她的儿子没操没办没收礼,她是可以直气壮不上礼的,豆子霉在仓里本就蚀了本,再搭上人情,那是亏上加亏。可是,成子和成子媳妇在街上那么一走,鼓乐声那么大张旗鼓一闹腾,不由得不叫人忘我。那一天东头成子家究竟热闹到什么程度,成子媳妇究竟风光到什么程度,潘桃一点都不想知道。她其实心里已经很是知道,她只是不想从别人嘴里往深处知道。她本是可以往深处知道的,一早站在院墙外等待,就是抱定这样一个姿态,谁知看那一眼使事情的性质发生了变化。可是潘桃越不想知道,她的忘我参与过的婆婆越是要讲,呀,那成子媳妇,那么好看,还温顺听话,叫她吃葱就吃葱,叫她坐斧就坐斧,叫她点烟就点烟。婆婆话里的暗弦,潘桃听得懂,是说她潘桃太各色太不入流太傲气。潘桃的脸一下子就紫了,从家里躲出来。可是刚到街上,邻居广大婶就喊,去看了吗潘桃,那才叫俊,画上下来似的,关键是人家那个懂事儿。潘桃的脸一下子就白了,又不能马上掉头,只有嗯啊地听下去。就这样,那一天成子的热闹,成子媳妇的风光,在潘桃心中不可抗拒地拼起这样一幅图景:成子媳妇,外表很现代,性格却很传统,外表很城市,性格却很乡村,一个彻头彻尾的两面派!

别人的好心情有时会坏掉自己的好心情,这一点人生经验潘桃没有,一个与自己毫不相干的别人的婚礼,一次性地坏掉了潘桃新婚之后的心情,潘桃猝不及防。以往的潘桃,在歇马山庄可是太受宠了,简直被人们宠坏了。潘桃的受宠有历史的渊源,是她母亲打下的基础。她的母亲曾是歇马山庄的大嫂队长,一个有名的美人儿。一般的情况下，女人的好看，是要通过男人来歌颂的，男人们不一定说，但男人走到你面前就拿不动腿，像蜜蜂围着花蕊。潘桃母亲既吸引男人又吸引女人。潘桃的母亲被女人喜欢，其原因是她那双眼睛。她的眼睛温和安静、清澈。她的眼睛看男人，静止的深潭一样没有波光，没有媚气，让男人感到舒适又生不出非分之想。她的眼睛看女人，却像一泓溪流直往你心窝里去，让女人停不上几分钟，就想把心窝里的话都掏出来。潘桃母亲当了十几年大嫂队长，女人心中的委屈、苦难听了几火车，极少有谁家女人没向她掏心窝子，男女间的口风却从没有过，这是多么难能可贵的事情啊！女人们说，是人家嫁了好男人，人家男人在镇子上当工人，有技术又待她好，她当然安心。自以为懂一些男女之事的男人却说，怪不得男人，风流女人嫁再好的男人该守不住照样守不住，这是人家祖上的德行。潘桃三四岁时，母亲领到街上，就有人上来套近乎，说俺儿比桃大一岁，男大一，黄金起。也有的说，俺儿比桃小三岁，女大三，抱金砖。潘桃小时看不出有多漂亮，却比母亲幸运，母亲用多少年的实际行动换来了大家的宠爱，而她，头上刚长满细软的头发，就吸来了那么多父母的目光。潘桃六七岁时，能在街上跑动，动辄就被人揽到怀里，潘桃十几岁时，上到初中，身边男孩一群一群地围。十几岁的潘桃招人喜欢已经不是依靠母亲的光环，潘桃到十几岁时已经出落得相当漂亮，去到哪里，都一朵云一样，早上的日光照去，是金色的，正午的日光照去，是银色的，晚上的日光照去，是红色的，潘桃走到哪里，都能听到啧啧的赞美声。那些赞美声是怎样误了她的学业还得另论，总之被宠的潘桃自认为自己是歇马山庄最优秀的女子是大有道理的。

女人的心里装着多少东西，男人永远无法知道。潘桃结了婚，可以算得上一个女人了，可潘桃成为真正的女人，其实是从成子媳妇从门口走过的那一刻开始的。那一刻，她懂得了什么叫嫉妒，还懂得了什么叫复杂的情绪。情绪这个尤物说来非常奇怪，它在一些时候，有着金属一样的分量，砸着你会叫你心口钝疼；而另一些时候，却有着烟雾一样的质地，它缭绕你，会叫你心口郁闷；还有一些时候，它飞走了，它不知怎么就飞得无影无踪了。从腊月初八到腊月二十三，整整半个月，潘桃都在这三种情绪中往返徘徊。某一时刻，心口疼了，

她知道又有人在议论成子媳妇了，常常，不是耳朵通知她的知觉，而是知觉通知她的耳朵，也就是说，议论和她的心疼是同时开始的。某一时刻，烟雾绕心口一圈圈围上来，叫你闷得透不过气，需长嘘一口，她知道她目光正对着街东成子家了。潘桃后来极少出门，潘桃不出门，也不让玉柱出门，因为只有玉柱在家，她的婆婆才不会喋喋不休讲成子媳妇。玉柱一天天守着潘桃，玉柱把潘桃的挽留理解成小两口间的爱情。事实上，小两口的爱情确实甜蜜无比，潘桃只有在这个时候，整个人才轻盈起来，放松起来。过了小年，玉柱身前身后绕着，潘桃都快把那个叫作情绪的东西忘了，可情绪这东西要多微妙有多微妙，就在玉柱被潘桃缠得水深火热的夜里，那莫名的东西从炕席缝钻了出来。当时玉柱正用粗糙的手抚着潘桃细腻的小脸亲吻，亲着亲着，自言自语道，要不是旅行结婚，真的不会发现你是那么疯的一人，看在城里那几天把你疯的。潘桃突然僵在那里，眼盯住天棚不动了。她不知道那个东西怎么又来了，它好像是借着"旅行"这个字眼来的，它好像一场电影的开头，字幕一过，眼前便

浮现了一段洁白的颈窝,一身大红婚纱,耳边便响起了欢乐的鼓乐声,婆婆尖锐的话语声:看人家,叫吃葱就吃葱。潘桃的眼窝一阵阵红了,一种说不出的委屈,被冲击的饭渣一样泛上来,潘桃把脸转到玉柱肩头,任玉柱怎么推搡追问,就是不说话。

一场婚礼成了潘桃的一块心病,这一点成子媳妇毫无所知。结婚第二天,成子媳妇就换了一身红软缎对襟棉袄下地干活了。成子媳妇没有婆婆,成子的母亲去年八月患脑溢血死在山上,刚过门的新媳妇便成了家庭里的第一女主人。成子媳妇早上六点就爬起来,她已经累了好几天了。前天,娘家为她操办了一通,她人前人后忙着,昨天,演员演戏一样绷紧神经,挺了一整天,夜里,又碎掉了似的被成子揉在骨缝里。但新人就是新人,新人跟旧人的不同在于,新人有着脱胎换骨的经历,新人是怎么累都累不垮的,反而越累越精神。成子媳妇脸蛋红红的,立领棉袄更突显了她的几分挺拔。她烧了满满一锅水,清洗院子里沾满油污的碗和盆。院子里一片狼藉地静,偶尔,公公和成子往院外抬木头,弄出一点声响,也是唯一的声响。这是可想而知的局面,宴席散去,热闹走远,真实的日子便大海落潮一样水落石出。作为这海滩上的拾贝者,成子媳妇有着充分的精神准备。她早知道,日子是有它的本来面目的,正因为她知道日子有它的本来面目,才有意制造了昨天的隆重和热闹,让自己真正飘了一次,仙了一次。一个乡下女人的道路,确实是过了这个村就没有这个店了,告别了这个日子,你是要多沉就多沉,你会结结实实夯进现实的泥坑里。这是成子媳妇和潘桃的不同。潘桃怕空前绝后,成子媳妇就是要空前绝后,因为成子媳妇了解到,你即使做不到空前,也肯定是绝后的。成子媳妇过于现实过于老到了。成子媳妇之所以这么现实老到，是因为她曾经不现实过。那时她只有十九岁，那时她也是村子里屈指可数的漂亮女孩，她怀着满脑子的梦想离家来到城里，她穿着紧身小衫，穿着牛仔裤，把自己打扮得很酷，以为这么一打扮自己就是城里的一分子了。她先是在一家拉面馆打工，不久又应聘到一家酒店当服务小姐。因为她一直也不肯陪酒又陪睡，她被开除了好几家。后来在一家叫作悦来春的酒店里，她结识了这个酒店的老板，他们很快就相爱了。她迅速地把自己苦守了一个季节的青春交给了他。他们的相爱有着怎样虚假的成分，她当时无法知道，她只是迅速地坠入情网。半年之后，当她哭着闹着要他娶她，他才把他的老婆推到前台。他的老婆当着十几个服务员的面，撕开了她的衣服，把她推进要多肮脏有多肮脏的万丈深渊。从污水坑里爬出来，她弄清了一样东西，城里男人不喜欢真情，城里男人没有真情。你要有真情，你就把它留好，留给和自己有着共同出身的乡下男人。用假情赚钱的日子是从做起又一家酒店的领班开始的，用假情赚钱的日子也就是她寻找真情的开始。没事的时候，她换一身朴素的衣服，到酒店后边的工地转。那里面机声隆隆，那里全是她熟悉又亲切的乡村的面孔，可是，就像她当初不知道她的迅速坠入情网是自己守得太累有意放纵自己一样，她也不知道她的出卖假情会使她整个人也变得虚假不真实。她在工地上、大街上，转了两年多，终是没有一个农民工敢于走近她。那些农民工看见她，嬉皮笑脸讥讽她、挑逗她，小姐，五角钱，玩不玩？与成子相识，就是这样一次遭到挑衅的早上。她从一帮正蹲在草坪上吃早饭的农民工前走过，一个农民工喝一口稀粥，向天上一喷，嗷的一声，小姐，过来，让俺亲一下。她没有回头，可是不大一会儿，只听后边有人厮打起来,一个声音摔碎了瓦片似的,粗裂地震着她的后背——她是谁她是俺妹,你要戏俺妹就是不行。一行热泪薅地流出了她的眼窝。与成子的相识是她的大德,他人好,会电工手艺,是工地上的技术人员。为了她的大德,她辞掉领班,回到最初打工的那家拉面馆;为了她的大德,她在心里为自己准备了一场隆重的婚礼,她要用她挣来的所有不干净的钱,结束那场城市繁华梦——那哪里是梦,那就是一场十足的祸难!

一场热闹的婚宴既是结束又是开始,结束的是一个叫着李平的女子的过去,开始的是一个叫着成子媳妇的未来。腊月的日子,小北风在草垛间穿行,掀动了带有白霜的草叶,空气里到处弥漫着冻土的味道,田野、屯街,空空荡荡。腊月的日子,无论怎么说都更像结束而不像开始。但是,你只要看看成子家门楣上的双喜字,门口石柱上的大红对联,看看成子媳妇脸颊上的光亮,你就知道许多开始跟季节无关,许多开始是隐藏在一张红纸和门板之间的,是隐藏在一个人的内心深处的。成子媳妇在结婚之后的第一个上午,脸颊上的光亮是从毛孔的深处透出来的,心里的想法是通过指尖的滑动流出来的。她洗碗刷锅,家里家外彻底清扫了一遍,她的动作麻利又干净,一招一式都那么迅捷。因为不了解歇马山庄邻里乡亲们的情况,她没有参与公公和成子还桌还盆的事,到了正午,她在锅里热好剩菜剩饭,门槛里一手扶着门框,响脆的声音飘出屋檐,爸——成子——吃饭啦——女主人的派头已经相当足了。

就像一只小鸟落进一个陌生的树林,这里的一草一木,成子媳妇都得从头开始熟悉,萝卜窖的出口,干草垛的岔口,磨米房的地点,温泉的地方。因为出了腊月就是正月,出了正月就是农民工们离家出走的日子，成子媳妇不想忽视每顿饭的质量，包饺子、蒸豆包、蒸年糕、炸豆腐泡。成子媳妇尤其不想忽视每一个同成子在一起的夜晚，腿、胳膊、脖子、后背、嘴唇、颈窝、胸脯，组合了一架颤动的琴弦，即使成子不弹，也会自动发出声音。它们忽高忽低，它们时而清脆悦耳，时而又沙哑苍劲。当然成子是从不放过机会的。她的光滑她的火热，她的善解人意，都没法不让他全身心地投入，彻头彻尾地投入，寸草寸金地投入。被一个人真心实意地爱着的感觉是多么幸福！在这巨大的幸福中，成子媳妇对时光的流逝十分敏感，每一夜的结束都让她伤感，似乎每一夜的结束对她都是一次告别。到了腊月二十八，年近在眼前，成子媳妇竟紧张得神经过敏，好像年一过，日子就会飞起来，成子就会飞走。于是大白天的，就让成子抱她亲她。成子是个粗人，也是一个不很开放的人，不想把晚上的事做到白天，就往旁边推她，这一推，让成子媳妇重温了从前的伤痛，她趴到炕上，突然地就哭了起来。她哭得肝肠寸断，一抽一抽的，仿佛受了天大的委屈。成子傻子一样站在那里，之后趴下去用力扳住她的肩膀，一句不罢一句地追问到底怎么啦，可越问成子媳妇越哭得厉害，到后来，都快哭成了泪人。

二

　　日子过到年这一节，确实像打开了一只装着蝴蝶的盒子，扑棱棱地就飞走了。子夜一过，又一年的时光就开始了，而正月初一刚刚站定，不觉之间，准备送年的饺子馅又迫在眉睫。接着是初六放水洗衣服，是初七天老爷管小孩的日子要吃饺子，是初九天老爷管老人的日子要吃长寿面，是初十管一年的收成要吃八种豆的饭,当那面糊糊的绿豆黄豆花生豆吃进嘴里,元宵节的灯笼早就晃悠悠挂在眼前了。被各种名目排满的日子就是过得快,这情形就像火车在山谷里穿行,只有有村庄树木、河流什么的参照物,你才会真切地感受到速度,而一下落入一马平川无尽荒野,车再快也如静止一般。在这疾速如飞的时光里,潘桃没有像成子媳妇那样,一进婆家门就泼命忘我地干活,潘桃旅行结婚,潘桃的婚事没有大操大办,没有大操大办的婚礼如同房与房之间没有墙壁没有门槛,你家也是我家。仪式怎么说都是必要的,穿着一身素色衣服从城里回来的潘桃,一点都不觉得跟从前有什么两样,不觉得自己从此就是人家媳妇,就是人家的人了。一早醒来睁开眼睛,身边出现的是玉柱,是公婆而不是爹妈,反而让她感到委屈,更懒得做活。当然,潘桃不能死心塌地投入刘家日子的重要原因还在她的婆婆身上,她的婆婆对她太客气了,一脸的谦卑。只要潘桃在堂屋出现,她就慌得不知该做什么,对着潘桃的脸傻笑,好像潘桃是她的婆婆;要是潘桃想去刷碗,人还没到就会被她连推带拽推回屋里,这让潘桃一直就觉得自己是一个局外人。在这疾速如飞的时光里,潘桃一点点从一种莫名的阴影中跋涉出来,虽然不时地还能从婆婆嘴里、邻居嘴里、娘家母亲嘴里,听到一些有关成子媳妇的袅袅余音,但她已经不能真切地感受那到底是一种什么东西了。感觉这东西,是会被时间隔膜的,感觉这东西,也会在时间的流动中长出一层青苔。有时,潘桃会不由自主地想,当初那是怎么了呢?怎么会被俗不可耐的大操大办搞坏了心情?再怎么讲,旅行结婚也是与众不同的,自己要的,难道不是与众不同吗?!潘桃隔膜了最初的感觉,也就不太忌讳人们怎么谈论成子媳妇了。当然人们在谈论成子媳妇时,总不免要捎上她：桃，你怎么不能大张旗鼓办一下，让我们看看光景？你就顾自个儿上城看光景，那里就是好吗？潘桃不会讲为什么不办，也不会讲城里光景好不好，那一切都是自己的事，自己的事要不得别人掺和。但在这疾速如飞的时光里，有一个东西，有一个看不见摸不着的东西，却一直在她身边左右晃动，它不是影子，影子只跟在人的后边，它也没有形状，见不出方圆，它在歇马山庄的屯街上，在屯街四周的空气里，你定睛看时，它不存在，你不理它，它又无所不在；它跟着你，亦步亦趋，它伴随你，不但不会破坏你的心情，反而叫你精神抖擞神清气爽，叫你无一刻不注意自己的神情、步态、打扮；它与成子媳妇有着很大的关系，却又只属于潘桃自己的事，它到底是什么？

潘桃搞不懂也不想搞懂，潘桃只知道无怨无悔地携带着它，拜年、回娘家、上温泉洗衣服。潘桃再也不穿旅行结婚时穿的那套休闲装了，对于休闲的欣赏是需要品位的，乡下人没有那个品位。潘桃换了一套大红羊毛套裙，外面罩上一件红呢大衣，脚上是高勒皮靴。她走起路来脚步平推，不管路有多么不平，都要一挺一挺。她见人时，满脸溢笑。潘桃一旦把自己打扮起来，一旦注意起自己的举止，喝彩声便像冬日里的雪片一样飘然而下，好像来了一场强劲的东风，把昔日飘荡在村东成子媳妇家的喝彩一遭刮了过来。潘桃几乎都感到村东头的空荡和寂寞了。

如此一来，原来是潘桃自己都没有搞清楚的想法，被人们口头表达了出来：你说是成子媳妇好看，还是潘桃好看？当然是潘桃，那成子媳妇要是不化妆，根本比不上咱村的潘桃。你说是成子媳妇洋气还是潘桃洋气？怎么说呢，在早真没觉得潘桃洋气，就是个俊，谁知这结了婚，那么有板有眼打扮起来，还真的像个城里人。人们把这些比较当着潘桃说出来,是怎样满足着潘桃失落已久的心情啊!潘桃脸上的笑毫无拘束地向四处溢开。潘桃不谦虚,不否定,也不张扬,该干什么干着什么,一如既往。但是人们在这句话后面,往往还跟着另一句话:这两个新媳妇,还比上了。这样的话,就没有前边的话含蓄,也没有前边的话中听,好像一只扒苞米的锥子,一下子就穿透本质。潘桃在心里说,谁比了,分明是你们大家比的嘛,俺自从大街上看过她一眼就再没见过面,她长的什么样都记不得了,俺凭什么跟她比。但是嘴上没说。

不管在心里怎么跟别人犟,潘桃还是不得不承认,成子媳妇,已经挥之不去地深入了她的内心,深入了她的生活。她最初还是隐蔽的,神秘地绕在她的身边,后来,她被人们揭破,请了出来。她一旦被人们揭破,请了出来,又反过来不厌其烦地警醒着潘桃——她在跟成子媳妇比着。这是一个剪不断理还乱的事实,也是一个不容置疑的事实,许多时候,走在大街上,或上温泉洗衣服,她都在想,成子媳妇在家干什么呢,成子媳妇会不会也出来洗衣服呢,为什么就一次也见不到她呢?

真正清楚这个事实的,还是农历三月初六这天,这是歇马山庄大部分农民工离家的日子。这一天一大早,潘桃就把玉柱闹醒,潘桃掀着被窝,直直地看着玉柱。潘桃看着玉柱,目光里贮存的,不是留恋,也不是伤感,而是一种调皮。潘桃显然觉得分别很好玩,很浪漫,她甚至迅速穿上衣服,一高跳到地下,一边捉迷藏似的躲着玉柱对她身体的纠缠,一边像一只挑逗老猫的耗子似的叽叽笑着。潘桃真的是过于浪漫了,不知道生活有多么残酷,不知道残酷才是一只隐藏在门缝里的老猫,一旦被它逮住,你是想逃都逃不掉。直到看着玉柱和一帮农民工乘的马车消失在山冈，潘桃还是带着笑容的。可是，当她返回身来，揭开堂屋的门，回到空荡荡的新房，闻到弥漫其中的玉柱的气息，她一下子就傻了，一下子就受不了了。她好长时间神情恍惚，搞不清楚自己为什么会来到这里，来到这里干什么，搞不清楚自己跟这里有什么关系，剩下的日子还该干什么。潘桃在方寸小屋转着，一会儿揭开柜盖，向里边探头，一会儿又放下柜盖，冲墙壁愣神，潘桃一时间十分迷茫，被谁毁灭了前程的感觉。后来，她偎到炕上，撩起被子捂上脑袋躺了下来。这时，她眼前的黑暗里，出现了一个人，这个人不是离别的玉柱，而是成子媳妇——她在干什么？她也和自己一样吗？

成子媳妇第一次知道潘桃，还是听姑婆婆说起的。成子母亲走了，住在后街岗梁上的成子的姑姑就隔三岔五过来指导工作。成子奶奶死得早，成子姑姑一小拉扯成子父亲和叔叔们长大，一小就养成了当家做主说了算的习惯，并且敢想敢干，哪里有困难，哪里就有她的身影。出嫁那天，正坐喜床，忽听婆家的老母猪生崽难产，竟忽地就跳下炕，穿过坐席的人群跳进猪圈。后来媒人引客人到新房见新媳妇，就有人在屋外喊，在猪圈里呢。这段故事在歇马山庄新老版本翻过多次，每一次都有所改动，说于淑海结婚那天是跟老母猪在一起过的夜。翻新的版本自然有夸张的成分，但成子的姑姑爱管闲事爱操心确是名副其实。还是在蜜月里，姑婆婆的身影就云影一样在成子家飘进飘出了。她开始回娘家，并不说什么，手卷在腰间的围裙里，这里站站那里看看。成子媳妇让她坐，她说坐什么坐，家里一摊子活儿呢。可是一摊子活儿，却又不急着走。姑婆婆想拥有婆婆的权威，肯定不像给老母猪生崽那样简单,老母猪生崽有成套的规律,人不行,人千差万别,只有了解了千差万别的人,你才能打开缺口。过了年,也过了蜜月,瞅两个男人不在家的时候,姑婆婆来了。姑婆婆再来,卷在围裙里的手抽了出来,袖在了胯间。姑婆婆进门,根本不看成子媳妇,而是直奔西屋,直奔炕头。姑婆掀开炕上铺的洁白的床单,不脱鞋就上了炕,在炕上坐直坐正后,将两只脚一上一下盘在膝盖处,就冲跟进来的成子媳妇说:成子媳妇你坐,俺有话跟你讲。成子媳妇反倒像个客人似的偎到炕沿,赶忙溢出笑。大姑,你讲。姑婆婆说:俺看了,现在的年轻人不行,太飘!姑婆婆先在主观上否定,成子媳妇连说是是。姑婆婆说,就说那潘桃,结了婚,倒像个姑奶奶,泥里水里下不去,还一天一套衣裳地换,跟个仙儿似的,那能过日子吗?姑婆婆从别人身上开刀,成子媳妇又不知道潘桃是谁,便只好不语。姑婆婆又说,当然啦,你和潘桃不一样,俺看了,你过门就换过一套衣裳,还死心塌地地干活儿,不过,光知干活儿不行,得会过日子!什么叫会过日子,得知道节省!节省,也不是就不过了,年还得像年节还得像节,俺是说得有松有紧,不能一马平川地推。姑婆并没有直接指出成子媳妇的问题,但那一层层的推理,那戛然而止的语气,比直接指出还要一针见血,这意味着成子媳妇身上的问题大到不需要点破就可明白的程度。成子媳妇眼睑一点点低下去,看见了落到炕席上的沉默。这沉默突然出现在她和姑婆婆中间,怎么说也是不应该的。眼睑又一点一点抬起来,从中射出的光线直接对准了姑婆婆的眼睛。成子媳妇开始检讨自己了,成子媳妇说,姑姑你说得对,年前年后我天天做这做那的,是有些大手大脚了,我只想到爸和成子过了年又要走,给他们改善改善,就没想到改善也要有时有刻。话里虽有辩解的意思，但目光是柔和的，声调也是柔软的，问题又找得准确，姑婆婆在侄媳妇面前的权威便从此奠定了基础。

　　节俭，可以说是乡村日子永恒的话题，也是乡村日子的精髓，就像爱情是人生永恒的话题，是人生的精髓一样。姑婆婆由这样的话题打开缺口，一些有关日常生活如何节俭的事便怎么扯也扯不完了。缸里的年糕即使想吃，也不要往桌子上端了，要留到男人离家的时候。打了春，年糕不好搁，必须在缸盖上放一层牛皮纸，纸上面散一层干苞米面子，苞米面吸潮又隔潮。圈里的壳郎猪不用喂粮食，刷锅水上漂一层糠就行，猪不像人，猪小的时候喝浑水也能疯长……耐心而细致的教导如河水一样无孔不入地渗透着成子家的日子。没人知道，成子媳妇吸纳着、接受着这一滴滴水珠的同时，清晰地照见了自己的过去。她十九岁以前在乡下时，满脑子全装的外面的世界，就从没留心母亲怎么过的乡村日子，十九岁之后进了城里，被影子样的理想吊着，不知道节气的变化也不懂得时令的要求，尤其见多了一桌一桌倒掉的饭菜，有时真的就不知自己从哪里来到哪里去，不知道自己是谁了……因为一心一意要操持好这个家，过好小日子，成子媳妇对姑婆婆百般服从百般信赖，开始一程一程用心地检讨自己。成子媳妇想到自己的大操大办，成子原本是不太同意的，只说简单摆几桌，都是她的坚持。于是成子媳妇说，要是没结婚时就跟姑姑这么近，大操大办肯定就不搞了，当时只图一时高兴，只想到一辈子就这么一回，就没想到细水长流。成子媳妇的检讨是由浅入深完全发自内心的，时光的流动在她这里，也同样隔膜了最初的感觉，长出了一层青苔，让她忘记了锣鼓齐鸣张灯结彩送走一个旧李平，划出心目中一个崭新的时代对她有多么重要。然而正是成子媳妇的检讨，使潘桃的名字又一次出现在姑婆婆的话语中。不能这么想啊成子媳妇，这一点浪费俺是赞成的，庄稼人平平淡淡一辈子，能赶上几个好时候？有那么一半回吹吹打打，风光一下，也展一展过日子的气象，提一提人的精神。不都讲潘桃吗，她和你一样，也找了咱屯子里的手艺人，人也好看，没过门那会儿，她在咱屯子里呼声最高，可就因为你操办了她没操办，你一顿家伙就把她比下去了，灰溜溜的。听说你结婚那天从她家门口走过，看你一眼，笑都不自在了。咱倒不是为了跟谁比好看不好看，咱是说结婚操办总是会办出些气象，气象，这是了不得的。

　　姑婆婆的节俭经是有张有弛的，并不是一成不变的，这一点让成子媳妇相当服气，也对自己的盲目检讨不好意思。然而从此，让成子媳妇格外上心的，不是如何有张有弛地过节俭日子，而是一个叫着潘桃的女子。有事没事，她脑中总闪着潘桃这两个字，她是谁？她凭什么吃醋？

　　那是歇马山庄庄稼人奢侈日子就要结束的一天。这一天，成子、成子父亲和出农民工的男人一样，就要打点行装离家远行了。在成子的传授下，成子媳妇效仿死去的婆婆，在男人们要走之前的两天里，菜包菜团弄到锅里大蒸一气。在此之前，成子媳妇以为婆婆的蒸，只为男人们准备带走的干粮，当她真正蒸起来，将屋子弄出密密的雾气，才彻底明白这蒸中的另一层机密。有了雾气，才会有分离前的甜蜜，蒸汽灌满屋子看不见人的时候，平素粗心的成子，大白天里就在她身后蹭来蹭去。雾气的温暖太像一个人的拥抱。往年这个日子，是母亲把成子支出去，如今，公公一大早就出了院门，吃饭时不找绝不回屋。雾气里的机密其实是一种潮湿的机密,是快乐和伤感交融的多滋多味的机密,那个机密一旦随雾气散去,日子会像一只正在野地奔跑的马驹突然跑近一座悬崖,万丈无底的深渊尽收眼底。送走公公和成子的上午,成子媳妇几乎没法待在屋里,没有蒸汽的屋子清澈见底,样样器具都裸露着,现出清冷和寂寞,锅、碗、瓢、盆、立柜、炕沿神态各异的样子,一呼百应着一种气息,挤压着成子媳妇的心口。没有蒸汽的屋子使成子媳妇无法再待下去,不多一会儿,她就打开屋门,走出来,站在院子里。眼前一片空落,早春的街头比屋子好不到哪儿去,无论是地还是沟还是树,一样的光秃裸露,没有声响,只有身后猪圈的壳郎猪在叫。这时,当听到身后有猪的叫声,成子媳妇有意无意地走到猪圈边,打开了圈门。成子媳妇把白蹄子壳郎猪放出来,是不知该干什么才干的什么,可是壳郎猪一经跑出,便飞了一般朝院外跑去。成子媳妇毫无准备,惊愕片刻立即跟在后边追出来。成子媳妇一倾一倒跟在猪后的样子根本不像新媳妇,而像一个日子过得年深日久不再在乎的老女人。壳郎猪带成子媳妇跑到菜地又跑到还没化开的河套,当它在冰碴儿上撒了个欢又转头跑向中屯街,成子媳妇发现,屯街上站了很多女人,她还发现,在屯街的西头,有一团火红正孤零零伫立在灰黄的草垛边。看到那团火红,成子媳妇眼睛突然一亮,一下子就认定,是潘桃。

三

大街上遥遥的一次对视,成子媳妇是否真正认出了潘桃,这一点潘桃毫不怀疑。虽然成子媳妇从外边嫁过来,如夜空中划过一颗流星,闪在明处,不像潘桃,在人群里,是那繁星中的星星点点，在暗处。但不知为什么，潘桃就是坚信，那一时刻，成子媳妇认出了自己。人有许多感受是不能言传的，那一双迷茫的眼睛从远处投过来，准确地泊进她的眼睛时，她身体的某个部位深深地旋动了一下。

在大街上远远地看到成子媳妇，潘桃的失望是情不自禁的。在潘桃的印象中，成子媳妇是苗条的，挺拔的，是举手投足都有模有样的，可是河套边的她竟然那么矮小、臃肿，尤其她跟着猪在河套边野跑的样子，简直就是一个被日子沤过多少年的家庭妇女。与一个实力上相差悬殊的对手比试，兴致自然要大打折扣，一连多天，潘桃都懒洋洋的打不起精神。

在歇马山庄，一个已婚女人的真正生活，其实是从她们的男人离家之后那个漫长的春天开始的。在这样的春天里，炕头上的位子空下来，锅里的火就烧得少，火少炕凉，被窝里的冷气便要持续到第二天。在这样的春天里，河水化开，土质松散，一年里的耕种就要开始，一天要有一天的活路。在这样的春天里，鸡鸭禽类，要从蛋壳里往外孵化，一只只尖嘴圆嘴没几天就叽叽喳喳把原本平整的日子嗫出一些黑洞，漏出生活斑驳凌乱的质地。因为有个婆婆，种地的事，养鸡的事，可以不去操心，不去细心，可是你即使什么都不管，活路还是要干一点的；即使你什么都不管，时间一长，结婚的感觉和没结婚的感觉还是大不一样的。没结婚的时候，潘桃一个人睡在母亲西屋，被窝常常是凉的，潘桃走在院子里，鸡鸭猪脚前脚后地围着，一不小心，会踩到一泡鸡屎。但是因为潘桃的心思悬在屋子之外院子之外，甚至十万八千里之外，从来不觉得这一切与自己有什么关系。那时候，潘桃总觉得她的生活在别处，在什么地方，她也不清楚。但这不清楚不意味着虚飘、模糊，这不清楚恰恰因为它太实在、太真实了。它有时在大学校园的教室里，朗朗的读书声震动着墙壁；它有时在模特儿表演的舞台上，胯和臀的每一次扭动都掀起一阵狂潮；它有时在千家万户的电视里，她并不像有些主持人那样，一说话就把手托在胸间翻来倒去，好像那手是能够发音的，她手不动，但她的声音极其悦耳动听。这些实在且真实的场景组成的是另一个空间，它鬼魂附体一样附在了潘桃现实的身体里，使现实的潘桃只是一个在农家院子走动的躯壳。没结婚时，身边什么都有，却像是没有，有的全在心里。而结了婚，情形就大不相同，结了婚，附了体的鬼魂一程一程散去，潘桃的灵魂从遥远的别处回到歇马山庄，屋子里的被窝、院子里的鸡鸭、野地里长长的地垄，与她全都缔结了一种关系，屋子，明显是归宿，是永远也逃不掉的归宿，且这归宿里，又有着冰冷和寂寞；院子里的鸡鸭，明显是指望，是一天一个蛋的指望，且这指望里，要一瓢食一瓢糠地伺候；野地里的地垄，明显是一寸一寸翻耕的日子，且这日子里，要有风吹日晒露染汗淋的付出。结了婚，身边什么都有，也便真正是有，可是，因为心出不去，身边的有便被成倍成倍放大。屋子，是夜晚的全部，冷而空；院子，是白天里的全部，脏而旷；地垄，是春天的全部，旷而无边。没结婚的时候，你是一株苞米，你一节一节拔高，你往空中去，往上边去，因为你知道你的世界在上边；结了婚，你就变成一棵瓜秧，你一程一程吐须、爬行，怎么也爬不出地面，却是因为你知道你的世界在下边。在这漫长的春天里，潘桃确有一种埋在土里的瓜秧的感觉，爬到哪里，都觉得压抑，都感到是在挣扎——好容易走出冰凉的夜晚，又要走进叽叽喳喳的畜群里，好容易走出叽叽喳喳的畜群,又要走进长长的地垄里。关键是,玉柱和公公走后,潘桃的婆婆完全变了一个人,她再也不冲潘桃笑了,再也不挡潘桃手中的活儿了,以往小辈人似的谦卑一概地被大风刮去,这且不说,她的笑收了回去,话却从嘴边一日多似一日地淌了出来,仿佛那话是笑的另一种物质,是由笑做成的。十七岁那一年啊,俺妈找人给俺算命,说俺将来一准得儿子济,生玉柱那回,俺肚子疼了三天三夜,都不想活了,可一想起算命先生的话,就咬紧了牙。可那时谁也想不到,养个儿子大了会上外边,要媳妇守着,你说俺这当妈的真能得济?前年,俺在后腰甸子上耪地,和成子他姑耪到对面,她说二嫂哇,可不能这么惯孩子,这么惯早晚是祸根,没听说儿子上刑场前把妈妈奶头咬掉的故事吗,你得小心,你说她这不是狗咬耗子多管闲事,俺惯俺宠有俺惯和宠的福,你说对不对潘桃。婆婆的话不管淌到哪儿,都跟儿子有关,婆婆的话不管淌到哪儿,都要潘桃表态,潘桃最初还能躲着,你在堂屋讲,我躲到西屋,你在院子讲,我躲到娘家——娘家成了潘桃的大后方。可是当春种开始,大田的长垄上就两个人,空气里的追赶和追逼无论如何都驱之不去了。这时的婆婆,好像深知你再躲也躲不到哪儿去了,淌出来的水竟卷了草叶和泥沙滚滚而下。淤积在女人人生沟谷里的水到底有多少,潘桃真是不曾知道也不想知道,它在潘桃耳畔流动时本是看不到面积也看不到体积的,可是用不了两天,潘桃的心里就满满当当了,流满了泥沙的水库一满,不及时泄洪便大有决堤的危险。

潘桃泄洪的办法之一还是回娘家。因为在一个屯子里,前街后街的距离,以往每天都是要回的。然而这次,潘桃不是回,而是住下不走了。潘桃泄洪,不是再把那些话流淌出去,那些话,一旦变成水淌到她的心里，就不再是话，而是一种心情了。潘桃的心情相当的坏，潘桃平素话就少，坏了心情之后，就更是什么也说不出了。母亲对潘桃要多好有多好，脸对脸地看着，眼对眼地瞅着，不让她上灶，不让她下田，她变成了这里的客人。母亲懂得女儿的不快乐是因为什么，母亲因为这懂得，便有意和她说一些有关玉柱的话，目的在以毒攻毒。分明在想一个人，你就是不提，岂不掩耳盗铃。可是潘桃的毒根不在思念，而在于自己变成了一个到处碰壁的瓜秧，是玉柱将她变成了这样一棵瓜秧，母亲的话反而让潘桃更烦。是这时候，潘桃看到了另一个泄洪的办法，那就是，去找成子媳妇。

经历了猪跑人撵那个日子，成子媳妇的心情十分沮丧，屯街上远远看着自己的那些女人的脸，潘桃的脸，常常浮现在她眼前。她想自己那天多么狼狈啊，简直像疯子。然而许多时候坏上加坏又是一种好，就像数学里的负负得正。惦念着村里女人怎么看她，倒使她从万丈底的空虚中解脱出来。惦念，因为有那样一个惊心动魄的场景，变成了实实在在的内容，供她在静下来的时光里咀嚼。尽管咀嚼的结果让人脸红和难堪，但总比空落着好，总比在空落时，回想这个家曾如何热腾腾装满了雾气要好。那回想的一瞬倒是美好，可是只要定睛一瞅，不免又落到万丈深渊。因为羞怯和难堪常常在转念之中跳出来与她做伴，成子媳妇的心思开始往屯子女人身上转了。她非常想在某一个时辰，换上一身好衣服，大摇大摆走到她们面前，像她结婚那天那样，让她们看看她还是原来那个样子。这种想法是如何拯救了家里的彻底空下来的成子媳妇，她自己真是一点都不知道。

因为有姑婆婆的监督，成子媳妇没有常换衣服，但她每天早起，第一件事就是站在镜前描眉画眼。她在城里学会化一手淡妆，看似没化，其实比化了还叫人舒服。她脱掉了结婚时母亲给她做的絮得很厚的棉袄，换上一身锈红色毛衣外套。这件毛衣外套是在一家叫沃尔玛的超市里买的，也是一次告别城市的挥霍，花了她四百块钱。这件衣服的好处是既现代又古朴，它的领子和袖子上镶着花边，是白线黑线两种，有一点不中规矩，但它的腰身却很收，也很长，是传统中式服装的样子，两边留着开气儿。结婚之后，她一直没舍得在家里穿，想留到开春后上集或回娘家时穿。现在，既然在家变得这么重要，成子媳妇便慷慨地从衣柜里抽出它。穿了锈红色毛衣外套的成子媳妇，不管是在堂屋烧火，还是在院子里喂猪，或是到大田翻地，都希望有人看她。乍暖还寒，一件毛衣风一吹就透，可是越冷越能提醒着什么。她在灶坑烧火，她的风门是打开的，她在院里喂猪，她的眼神是不看猪槽的，当她走出门口来到河套边的大田，她的后脑勺便又长出一双眼睛。事实上她确实看到了很多眼睛，门口的立柱上长着眼睛，墙头的枯草上长着眼睛，歇马山庄的大街到处都是眼睛，在这些眼睛中，潘桃的眼神尤其专注而投入，似要往她的心上看去的那种。事实上，在这空寂又漫长的春天里，成子媳妇只吸来了一双眼睛，那便是她的姑婆婆。姑婆婆的目光从敞开的大门口射进来，是藏在一条窄窄的缝隙里，她先是眯着上下眼皮，之后抻开了眼角睁开来，是把她推到远处再拉近的样子。姑婆婆把她从眼睛中推出去再拉进来，却没有一句批评，接着就去讲买什么样的鸡崽的事。但姑婆婆的不批评，是要告诉她她的问题已经相当严重。然而在这件事上，成子媳妇恰恰没有立即检讨，她希望用时间来告诉姑婆婆，她一春天也不会换掉它的，她会用日光和泥土来弄旧它,从而告诉她,这其实就是下地干活儿穿的衣服。

然而,成子媳妇做梦不曾想到,在她目光跳到躯体之外,常常以局外人的角度打量自己,因而很少向自己的真实生活细看时,她的家里来了潘桃。地瓜的须蔓从村西爬到村东经历了怎样的难度成子媳妇无法知道,地瓜的须蔓在爬进一方孤零的宅院时,一张苍白的脸上嵌着两只葡萄一样黑幽幽的眼睛。当时成子媳妇正在为新买的鸡崽夹园子,突然转头,看见了潘桃。成子媳妇初见潘桃,一下子惊呆,你……潘桃笑了,葡萄里闪出两颗灵动的核,没有说话。

你是潘桃!

做出这样果断的判断之后,成子媳妇眼睛一亮,蓦地站起,扔掉手中的苞米秸子。成子媳妇在最初的一瞬,还肤浅地想到了自己身上的毛衣,以为是毛衣吸来了潘桃。后来,当看到潘桃灵动的眼仁,她的心一下子从半空落到底处。这种落,不是落到踏实的平地,而是往泥坑里陷,因为潘桃的眼仁里,正扩散着蒙蒙雨雾一样的忧伤,成子媳妇的眼窝,一下子就潮湿了。

…………

你叫什么名字?

李平。

你的毛衣挺好看的,显得人苗条。

嗯……

走在路上时,潘桃并不知道见到成子媳妇该说什么,更不知道自己会进门就夸她,都因为潘桃心中的成子媳妇,还是河边那个臃肿的成子媳妇。

人怕见面。这是一句颠扑不破的真理。对于一个善良的人而言，见了面，就意味着见了心，见了心底的真。而一旦见了心底的真，说了真话，局面便立即变成另一个样子。成子媳妇十分清楚潘桃夸自己，并不是她的本意，但她也十分清楚潘桃的夸绝对是发自内心的。因为有了这样一层感受，成子媳妇觉得自己在从泥坑往上升，往上浮，眼睛的潮湿瞬间蒸发，留下股微微的凉意。随之，成子媳妇眼睛里汪满了笑，说，都说潘桃是咱村最漂亮的媳妇，果真不假。

相互道出肺腑之言，两人竟意外地拘谨起来，不知道往下该怎么办。那情形就仿佛一对初恋的情人终于捅破了窗户纸，公开了相互的爱意之后，反而不知所措一样。她们不是恋人，她们却深深地驻扎在对方的内心，然而那不是爱，也不是恨，那是一份说不清楚的东西，它经历了反复无常的变化，尤其在潘桃那里。她们对看着，嘴唇轻微地翕动，目光实一阵虚一阵，实时，两个人都看到了对方目光中深深的羞怯，虚时，她们的眼睛、鼻子、脸，统混作了一团，梦幻一般。一阵迷乱之后，成子媳妇终于笑出声来，说，看我，还不请你到家里坐。

屋子一如所有乡村人家的屋子，宽大的灶台宽大的餐桌，公公的屋是两间屋连着的，长长的炕能睡十几个人的样子。炕与柜之间，便是一个长长的空间，犹如城市里的客厅。这是歇马山庄新时期里最时尚的房屋结构，有没有客人来并不重要，重要的是要有客厅的感觉。潘桃娘家、婆家全是这个样子。与潘桃的娘家婆家不同的是，成子媳妇家客厅里的餐桌上，蒙的不是塑料布而是米色台布，柜子上放的，不是塑料花而是一株灰蓬蓬的干草，炕上铺的，不是地板革而是雪白的床单，这一点不经意间勾起了潘桃某种感觉，是早已被时光掩埋起来的疼。应该承认，成子媳妇家里的样子与她结婚那天留给潘桃的印象相当一致，是静静中有着一种洋气和高雅的。然而，昔日的潘桃可以躲避，今天的她无法躲避，今天的潘桃也根本不想躲避，因为她看到，纵有天大的差别，天大的不同，独一种东西她们是相同的——她们都是新媳妇，她们的新房里都是空落的，没有男人。她是因为这相同才来的，她们有着相同的命！潘桃说：李平，你真行，还能用心过日子，玉柱一走，我的心一下子就空了，我就像掉了魂，还心烦。

成子媳妇看着潘桃，脸一层层热起来，是那种通电般的涨热。潘桃一句话直通她的心窝，成子媳妇不由得靠到潘桃身边，握住她的手。潘桃，我其实也一样，你心空，还有烦，我心空，连烦都没有。

四

潘桃主动上门——这是多么重要的举动啊！为了答谢潘桃，李平在一周以后，锁了家里的风门和大门，带上一条黑底白点的纱巾从街东走到街西，来到潘桃家。因为潘桃在成子家喊了自己的名字，成子媳妇在往潘桃家走时，觉得自己不是成子媳妇而是李平。潘桃无意中把李平从以往的岁月中发掘出来，对李平并非什么好事，但李平并不计较，潘桃是无辜的，这恰恰看出潘桃对她这个人的尊重。其实，那一天她们由心烦开始的许多话题，都是关于结婚前的，都是属于李平而不是成子媳妇的。她们讲她们曾经有过多少美好的理想，为那些理想走了一圈才发现她们原来原地没动。潘桃说，刚下学那会儿，一听到电视播音员在电视里讲话，就浑身打战，就以为那正在讲话的人是自个儿。李平说，我和你不一样，光听，对我不起作用，我得看，一看见有汽车在乡道上跑，最后消失到远处，就激动得心跳加速，就以为那离开地平线的车上正载着自个儿。潘桃说，我这个人心比天大胆却比耗子小，就从来不敢出去闯，有一年镇上搞演讲，我准备了两个月，结果，还是没去。李平说，我和你不一样，我想做什么就敢去做，刚下学那年，拿着二十块钱就离家上了城里，找不到活竟挨了好几天的饿。潘桃说，所以最终我连歇马山庄都没离开，空有了那么多理想。李平说，其实，离开与不离开也没有什么不同，离又怎么样，到头来不也一样嫁给歇马山庄。咱俩的命其实是一样的，只不过我比你多些坎坷多些经历而已。李平在打开自己过去岁月时，尽管和潘桃一样，采取了审视自己的姿态，但终归是一种抽象的、宏观的审视，是只看见山而没有看见岩石，只看见水而没有看见水里的鱼的审视，而一个抽象的李平，十九岁出门，在城里闯荡五年，挣了一点钱，又遇到了厚道老实的手艺人，并不是太坏的命运。那一天，与潘桃谈着，李平有好长时间转不过方向，仿佛又回到了从前，潘桃让她又回到了从前，不是因为她们谈起从前，而是她们谈话那种氛围，太像青春期的女伴了。

　　李平能在几日之后就来潘桃家，是在潘桃预料之中的。地瓜的须蔓爬到另一垄地之后爬了回来，带回了另一棵须蔓，这是一份极特殊的感觉。那天离开李平，从街东往街西走着，潘桃就觉得有条线样的东西拴在了手中，被她从屯东牵了回来；或者说，她觉得她手上有把无形的钩针，将一条线样的物质从李平家钩到了自己的家，只要闲下来，她就在心里一针一针织着。看上去，织的是李平，是李平的人和故事，而仔细追究，织的是自己，是漫长的时光和烦躁的心绪。从李平家回来，时光真的变得不再漫长，潘桃也能够老老实实待在家里了，也能够忍受婆婆随时流淌的污泥浊水了——婆婆不管讲什么，她都能像没听见一样。这时节，潘桃确实觉得那股烦躁的心绪已被自己织决了堤，随之而来的，是近在眼前的、实实在在的盼望。

盼望李平登门的日子，潘桃把自己新房、堂屋、婆婆的房间好一顿打扫，那蒙被的布单，那茶几上的蒙布，还有门帘，从结婚到现在，已经四五个月了，就一直没有洗过，尤其脸盆盆架，门窗框面，上边沾满了灰尘。等待李平登门的日子，潘桃发现，她结婚以来，心一点也没往日子上想，飘浮得连家里的卫生都不讲究了，这让潘桃有些不好意思。等待李平登门的日子，潘桃心中仿佛装进一个巨大的气球，它压住她，却一点也不让她感到沉重，它让她充实、平静，偶尔，还让她隐隐地有些激动、不安。她时常独自站在镜前，一遍遍冲镜子里的自己笑，把镜子里的自己当成李平。这是多么美妙的时光啊，它简直有如一场恋爱！

李平如期而至。李平走到潘桃家门口时，潘桃正在院子里晾晒衣服。潘桃听到大铁门吱咯一声响，血腾一下升上脑门，之后李平李平叫个不停。李平与潘桃两手相握，都有些情不自禁。潘桃细细地看着李平，一脸的能够照见人影的喜气。李平还穿那件锈红毛衣，李平的脸比前几天略黑了些，上边生了几颗雀斑，这又有什么关系呢。李平先是跟潘桃一样，认真端详对方，可没一会儿，她就把目光移到另一个人身上——潘桃的婆婆。潘桃的婆婆此时正在园子里搭芸豆架，看见李平，赶忙放下手中的槐条。李平背过潘桃，走向她的婆婆。李平隔着院墙，喊了声大婶——潘桃婆婆立即三步并成两步，从园子里跑出来，一声不罢一声地喊着，成子媳妇怎么是你？

被潘桃冷了多日的婆婆见了李平，会热情到什么程度是可想而知的，在媳妇都是人家的好，姑娘都是自己的好这铁的事实面前，整整有二十分钟是潘桃的婆婆跟李平说话，而潘桃只好一动不动站在一边。二十分钟之后，实在有些忍不住，潘桃开口，潘桃说，李平，快到屋里坐吧。

在潘桃房间，潘桃有两三分钟一直不说话，任李平怎么夸她的衣柜实用窗帘好看，就是不接言。李平愣住了，毫不设防地愣住了。李平知道潘桃着急，但她想不到潘桃会生气。她也不愿意和老人说话，但这是礼节。结婚前，李平的母亲曾告诉过她，必须放下为姑娘时的架子，尤其在村里的女人面前，她们的嘴要是没遮拦就能一口一口吃了你。李平直直地盯着潘桃，好像在问，你怎么啦？潘桃哪里知道自己怎么了，她就是不想说话。潘桃起初是知道自己怎么了的，可是不想说话这种现实，让她愈发地有些迷失，愈发地不知道自己怎么了。潘桃的迷失造成了李平的迷失，李平看着潘桃的目光里，几乎都流露出痛苦了。

不知过了多久，潘桃终于说话了，潘桃说，李平，你太会做人了，你可给我婆婆弄住了。

李平将目光里的痛苦眨巴了一下，说，你这是……

潘桃说，你千万别以为我和我婆婆之间有矛盾，不是的，我是说，咱俩真的不一样，我知道该对她们好，可是我做不到，我一见她们就烦。

李平不语，李平没有想过这个问题，在这一点上，她们有什么不一样吗？

潘桃说，你看上去很洋气，像是很浪漫，实际你很现实，我和你正好相反。

李平终于警醒过来，是被现实和浪漫这样的字眼警醒的。她想，她并不是没有想过这个问题，这个问题在她还没有变成成子媳妇的时候早已经想透了，她是因为想透了，才要那样大张旗鼓地结婚，她那样结婚，就是要告别浪漫，要跟乡村生活打成一片。李平目光中的痛苦淡下去，有一些明亮映出来。潘桃，你说对了，咱俩确实不一样，你是因为没有真正浪漫过，所以还要当珠宝戴着它，我不行，我浪漫得大发了，被浪漫伤着了，结了婚，怎么都行，就是不想再浪漫了，现实对我很重要。

不管是李平还是潘桃，都没有想到，她们在热切地盼着的第二次见面里，会一开场，就谈起这么深刻的话题。关键是，这话题搞坏了她们之间的感情，这话题，好像王母娘娘划在牛郎织女之间的那条河，把她们不经意间隔了起来。

潘桃被罩在五里雾中。在她心里，浪漫是一份最安全的东西，它装在人的思想里，是一份轻盈的感觉，有了它，会让你看到乌云想到彩虹，看到鸡鸭想到飞翔，看到庄稼的叶子想到风，它能把重的东西变轻，它是要多轻就有多轻的物体，它怎么会伤人？

现实、浪漫、伤人，李平在开始说这些话时，还以为找到了一些能够说清楚自己的宝贝，可是说着说着，就觉得这些宝贝变了脸，变成了一根阴险狠毒的细针，向她心口的某个部位刺去，它们后来还不光是针，而是铁器，是砸到心上的铁器，让她感到一种麻麻的疼。

是怎么从潘桃家走出的，李平一点都不知道，她只知道，潘桃在门口送她时，眼里流动着深深的疑惑和失望，她还知道，她精心备好的送给潘桃的纱巾,又被她揣了回来。

从潘桃家回来,成子媳妇把黑底白点的纱巾掖到箱子底下,转身就拿起锄头朝大田走去。其实大田里的苞米苗已经间完,草也已经除掉,她是将这一些活做完才上潘桃家的。可是此时此刻,她就是要上大田,只有上大田才能离开什么甩掉什么,那东西好像只有距离才能解决。成子媳妇往大田走时,故意拐了好几个弯,并且脱了入春以来一直穿在身上的毛衣。在大田边坐着,晒着烈烈的日光,看着绿油油的庄稼,成子媳妇一点点看到自己内心的疼瘦成了除掉的蚂蚱菜一样的干尸。

成子媳妇决定,再也不去找潘桃了。潘桃倒没什么不好,只是潘桃能够照见自己的过去,这比一般的不好还要不好,她不要过去,她要的只是现在,是一个山村女人的日子,是圈里的猪,院子里的鸡,地里的庄稼,是屋子里的空荡和寂寞。经历了一次揭疼的成子媳妇,在后来很长一段时间里,都忘了在那空落日子中走进一个潘桃曾让她多么高兴,忘了成子和公公刚离家时自己空落成什么样子。经历了一次揭疼的成子媳妇,在后来很长一段时间里,觉得屋子里的空荡和寂寞是她最想要的,只要走进屋子,就觉得日子是殷实的充实的。倒是姑婆婆要时常走进这空荡里,给她的寂寞洒一点露带一点风,不过这没什么,姑婆婆的露和风都是现在的露现在的风,即使有过去,那过去也不跟她发生关系,是关于歇马山庄的过去,是关于公公婆婆舅公舅婆的过去,而在成子媳妇那里,凡是她不知道的事情,不管是谁的,都是她的现在。

可是,成子媳妇怎么也不会想到,正是因为现在,她才再一次想起潘桃。现在,时光进入了夏季,大量的农活已经结束,山庄里的人闲成了一摊泥。现在，李庄一个叫张福广的养车人从城里捎回了成子和公公脱下来的棉衣棉裤，棉衣的内兜里，夹了一封成子写来的信。成子的信，使早已散去的蒸汽又在屋子弥漫了起来。成子媳妇读着读着，就掉进了一汪迷雾里。那伸腿撸胳膊的字迹，仿佛节日里杵在锅底的木棒，将她的心烧得嘎巴嘎巴直响的同时，蒸出她一身一身潮湿。读成子来信之后的日子，成子媳妇既不愿离开屋子又怕留在屋子，不愿离开，是因为屋子里的雾气有成子汗津津的手和热乎乎的嘴唇，怕离开屋子，是因为成子的手和嘴唇只要你一用心去体会，就悄没声地离她而去，扔下她仿佛掉进油锅的小兽，扑棱挣扎。不知是第几次扑棱、挣扎，正眼睁睁地追着成子远去的背影，视线里，走来了潘桃，她眼睛黄黄的，一脸憔悴。潘桃朝她正面走来，潘桃一看见她眼窝就红了起来，潘桃说，想死人啦！

想念的本是成子，走来的却是潘桃。事实上，当厮守和见面都不能成为事实，想念变成一种煎熬时，成子媳妇看到了她跟潘桃相同的命运，潘桃走来，不是因为她想她，而是因为她们相同的命运。可是，一旦因为同病相怜想起潘桃，想见潘桃的愿望比任何时候都更强烈。

成子媳妇毫不顾忌地就走上了通往潘桃家的路。而只要走向通往潘桃家的路，成子媳妇就知道自己不是成子媳妇而是李平。不过这没有关系，李平又怎么样呢，她本来就是李平嘛。歇马山庄的屯街有多短促真是只有李平知道。她迈着碎步，没用五分钟就来到了潘桃家。可是，潘桃的婆婆却告诉她，潘桃上镇烫头去了。

歇马山庄的屯街有多么漫长真是只有李平知道，从街西通往街东的路她走了整整一个世纪。

掌灯时分，潘桃一个新锃锃的人走进了成子媳妇家。这也是成子媳妇预料之中的事。成子媳妇由街头拐进院子，刚刚打开风门，她的脑中就出现了这样的信息。因而，成子媳妇过了一个充实又有奔头的下午，她先是把黑底白点的纱巾从箱底再一次翻出来，放到炕梢最显眼的地方；然后打一盆凉水放到井台边晒，当水在盆子里被烈日吱吱地烤着的时候，她趴到炕上踏踏实实睡了一觉。好几天了，她都白天也是晚上晚上也是白天，困死了。下半晌，成子媳妇醒来，把晒好的水端进偏厦，坐到里边洗了个透澡，好像要洗掉所有的煎熬。洗着洗着，姑婆婆来了，姑婆婆一进院就大声吵叫，怎么大敞着门不见人，死到哪里去了？姑婆婆自从在成子媳妇跟前找到做婆婆的感觉，用词越来越讲究，什么话都要流露点骂意。成子媳妇的声音从偏厦飘出来，姑姑，在这儿，洗澡呢。姑婆婆一听，语气更泼，男人不在家洗给哪个死鬼看嘛，再说大夏天的干吗不去河套？成子媳妇赶忙说，就不兴为女人洗。这是一句即兴的玩笑话，可是说完，成子媳妇美滋滋地笑了。

潘桃进门时，成子媳妇的姑婆婆已经走了，堂屋里，成子媳妇正在扒土豆，眼睛不时地瞅着门外。当挎着红色皮包、穿着紫格呢套裙的潘桃在视野里出现，成子媳妇眼眶里突然地就涌满泪花。她从灶坑徐徐站起，她站起，却不动，定定地看着潘桃，任潘桃在她的泪花中碎成万紫千红。

见李平眼泪在腮上滚动，潘桃一拥就将李平拥进怀里，低吟道，真想你。

潘桃的一拥，拥进了太多太多，拥进了从春到夏她们之间所有的罅隙。潘桃紧紧拥着李平，许久，才松开来，开始自己的诉说。她说自己从上次分手，她一直很后悔，后悔那天不该生李平的气；她说像她婆婆那样的人，即使你不理她也不会放过你，先和她把话说尽了反而更清静，当时都因为太盼李平太想李平，一时间昏了头脑；她说这些日子天天都想过来看李平，向她赔不是，可是天天都下不了决心，不是放不下面子，而是怕李平不给面子；她说她三天一趟河套两天一趟河套，以为能在那里遇上，可后来有人说，李平根本不上河套洗澡；她说今天回家来，听说李平来过，门都没进就过来了。

潘桃不停地诉说，每一句话，每一个字都是真实的，可是说着说着，被自己的真实吓住了。她低下头，打开身上的包，从中取出一个发夹，往李平刚刚洗过的头上别。李平戴上发夹，抹一把眼泪，把潘桃拽进里屋，拿起放在炕上的纱巾，打开，给潘桃系上。李平说，上次去你家就带去了，结果……两个人说着，同时来到镜前，见她们的双眼皮都有些红肿，又禁不住孩子似的笑了起来。

第二天，潘桃一早起来，梳洗完毕，吃完早饭，系上李平给的纱巾，就朝李平家走去。纱巾的位置看上去是在脖子上，而实际这是朋友友情在心目中的位置——纱巾的位置有多显赫，朋友在你心中的位置就有多显赫。潘桃朝李平家走去，可是刚刚走出家门口不远，就见李平戴着她送的发夹款款走来。她们会意地向对方走近，脸上洋溢着喜悦——既为看到对方喜悦，又为看到对方的积极喜悦。因为离潘桃家近，她们就势返回潘桃家，而这一次，在院中看到潘桃婆婆，李平礼节性地笑笑，一步不停地朝屋里走，好像一旦停下就伤害了潘桃。

因为第一次的任性导致了不该有的熬煎，友谊伊始，两个人都小心翼翼，仿佛那友谊是只鸡蛋，不能碰，一碰就会碎掉。就这样，她们今天你家明天我家，后来，为了减轻没有必要的负担，她们干脆就上李平家，或者就到门口的树荫下，或者，找一个理由到镇子上逛。

五

夏天的美好是用水做成的。白日里树下的倾谈是那山里小溪的水，有着潺静的、晶莹的形态，去往镇子的公路上，肩并着肩的倾谈是那渠道里的水，有着丰满然而规则的势头，夜晚里，一铺炕上头对头的倾谈是那湖里的水，有着深不见底幽暗无边的模样。水的流动推动了时光的流动，时光的流动全然就是水的流动，霞光满天的早上流走的是每日一小别之后各自细琐的经历，蝉声嘶哑的午间流走的是身边一些女伴和同学的故事，寂静无声的夜晚流走的，却是她们自己的故事。有时，她们就那么静静的，谁也不说话。她们眼睛看着路上的行人，远处的山脊，灯光下的天棚，任时光流成一眼深井里的水。但更多的时候，她们心中的水和时光的水还是要同时流淌的。她们有时是平铺直叙，没有选择，遇到什么讲什么。路上看到青蛙跳到水里，潘桃就说，小时候看到青蛙，常常想要是托生个青蛙多么不幸，一辈子就坝上坝下地跳，有什么意思，谁想到自个儿长大了，也和青蛙差不多，只在街东街西地走。李平说，还说你浪漫，浪漫的人是绝不会悲观的，人怎么能和青蛙一样，人街东街西地走，是为了寻找知音，有知音的人和只知哇啦哇啦叫的青蛙能一样吗，有知音的人和没有知音的人都不能一样。讲到青蛙和人，自然就讲到了命，讲到命，自然就讲到了那个决定她们命运是这样而不是那样的恋爱。而讲到恋爱，她们却要讲一点技法，要倒叙或者插叙，要搞一点悬念卖一点关子。潘桃说，你知道我是怎么爱上玉柱的吗？李平说，还不是他答应你把你的户口办到城里到城里安家，好多做美梦的女孩都是这么被人骗到手的。潘桃说才不是呢，有条件在先那叫什么爱情？李平说，你难道没有条件？潘桃说，要不怎么说我浪漫，那时候我高中毕业，在镇上开理发店，到理发店里追我的人相当多，镇长的儿子厂长的侄子都有，可是我没一个往心里去。那时我正迷恋韩磊《走四方》那首歌，其实也说不清是迷韩磊还是迷《走四方》，有一天下班，往家走的路上，正唱着，就发现前边有一个人背着行李，大步流星地走在夕阳里的山冈上，那山冈就是歇马山庄的山冈，因为是下坡，那个人走起路来一冲一冲，简直就跟MTV中的韩磊一模一样。我放开车闸，快速冲下山冈，撵上那个人，我喊了一声韩磊，你猜听到我的喊他怎么样？怎么样？他听我喊，顿了一下，接着，嗷的一声就唱了起来，"走四方，水迢迢路长长，迷迷茫茫一村又一庄——"当天晚上，我们就在小树林里约会了。李平静静地看着潘桃，羡慕地说，你真是爱情的宠儿，够浪漫的。

　　她们有时尽量给对方一些机会，让对方说，自己静静地听，似乎多说了，就多占了便宜，而她们都宁愿对方多占便宜。但有时，却是需要交换的，是需要你一段我一段的，比如潘桃讲了自己的恋爱，李平就必须讲她的恋爱。这种时候，不用潘桃逼，一个静场，李平就知道该自己投罗网了。在进入夏季之后，在与潘桃有了密切交往之后，李平发现，她一点也不在乎提起过去了，这并非因为只有过去，才能解决她们的现在，而是她已经拥有了挑选和省略某些过去的能力，拥有了虚构过去的能力。这其实一点都不难，只要你略微地谨慎稍微地用心。李平说，你知道我是怎么爱上成子的吗？潘桃说，我当然知道，肯定是他答应你在城里给你盖栋高楼，要不一个在城里打工的小姐哪肯嫁他。李平说，你真聪明，我这人确实和你不同，我开始是有条件的，我把条件看得很重，我从进城打工那天，就没想再回乡下，所以我的眼光就从来没想看什么农民工。与成子相识，完全是个偶然，他跟他的包工头到酒店吃饭，我给上茶倒酒，一下撞了他的手，后来就老来纠缠我，我开始反感他反感得要命，觉得是癞蛤蟆想吃天鹅肉，可是有一天，他给我送来一封信，信上说，我不是一般的农民工，我是我们包工头的侄子，我在城里不但有房子，还可以给你找工作。我看完信就约了他。就这么的，我被骗回了歇马山庄。李平在说自己恋爱过程时，没有讲出属于爱情肌理的那一部分，但这一点潘桃并不追究，她不追究，不是相信李平就是那样务功利的人，而是把这看成是李平对自己的一份情谊——故意用自己的不好衬托别人的好。潘桃说，好你个李平！

　　李平和潘桃好上了，这在歇马山庄两个新媳妇中间，既是心理的，又是身外的。心理上，她们谁也离不开谁了，她们一早醒来，只要睁开眼睛，就看到对方的笑脸。她们的好，既像是恋爱中的女孩，又有别于恋爱中的女孩。像的是，她们都因为生活中有着另一个人，才有了交谈的内容和热情，不像的是，恋爱中的女孩没有敞在院子里漫长的日子，而她们有日子。现在，她们发现，她们彼此就是对方的日子。有一回，她们正趴在墙头，彼此眼对眼地看着，李平突然说，潘桃，你想没想过，一个人一生中，面对的和感兴趣的，其实就一个人。潘桃懵懂，轻轻地眨巴眼睛，你什么意思？李平说，我上小学时，有一个叫兰子的女伴，她皮筋跳得好，我俩只要离开课堂，天天一起；上中学，又有个叫迟梅的同学，她妈是知青，我被她头上的红发卡吸引，上学放学，总要一起走；进城，在第一家饭店，有一个比我小一点的同乡，普通话说得好，有事没事，我都愿去找她，听她讲话；结了婚，有了成子，就谁都不在心上了，谁知，成子一走，心里空了，老天就派来了你。有了你，我都快把成子忘了。潘桃不语，似在琢磨。李平说，细细想，女人的世界其实没多大，就两个人，两个人就是世界；细想想，世界多大都跟你没关系，玉柱是你丈夫，可是现在，此时此刻，你能说他跟你有什么关系吗？潘桃终于琢磨出头绪，说，李平，你很深刻。潘桃一边佩服地看着李平，一边用手抚着李平肩上的头发，那样子好像她与李平的关系，因为李平深刻的提示而更加深入了一层。地瓜蔓爬到这一程，真的是不可只用长度来度量。

　　心里的东西，无疑要溢到身外，就像瓜熟了总要裂出沟痕。潘桃和李平相好之后的那个秋天，动辄就肩并肩地穿过屯街穿过田野向镇上走去。潘桃一直是注重打扮，现在则更加注重了，不过她再也不化浓妆，不穿艳丽衣服，而像李平那样化淡妆，穿灰调子的衣服。随着与李平友情的加深，她认识到，李平的洋气，是从对色彩的选择开始的。李平自从那件穿了一个春天的毛衣外套脱掉，再也不守一件衣服只要穿就穿脏穿旧的原则了，不换衣服其实是对自己青春时光美好时光的作践。她开始由最初的半月一换到后来的一周一换。随着与潘桃友情的加深，李平渐渐认识到，结了婚就逼迫自己进入一种乡下女人的日子是多么大的错误，人生不会有几度青春，在青春里要毫不气馁地抓住，青春这

109

东西,你抓住一百,才能留住五十,你如果只抓五十,就连二十都留不住。潘桃身上那种不向现实就范的孩子气,确实唤醒了李平一段时间来极力用理性包裹的东西。事实上,理性永远是理性,理性包不住热情,就像纸包不住火。两个人由友情的加深开始了相互的欣赏,由相互欣赏开始了形影不离,好像只有这样,才能使她们有一种相加的力量——她们在大街上走时,心底里感到的是一种相加的力量。

潘桃和李平好上,这是大家有目共睹的事实。入秋之后,一些不很中听的议论便像秋雨后的蘑菇一样长了出来。现在的年轻人,学好不能,学坏可是太快了,那成子媳妇,刚来时还本本分分的,现在可倒好,日子都不想过了,地里的庄稼十天半月也不去看一回。要俺看,不是潘桃把成子媳妇带坏,而是成子媳妇把潘桃带坏,她在城里待过,再说,潘桃她妈在咱村子里,谁不知道是最会过日子的人,根儿在那呢。

对于谁带坏谁的问题,潘桃婆婆和李平的姑婆婆都表现得比较谦虚,潘桃婆婆一再说是让她的儿媳妇带坏了,成子媳妇刚结婚时,并没这样,人家一春天就穿一件衣服。李平姑婆婆却说,还是让她的侄子媳妇带坏了,怎么说潘桃是天天上她的侄子媳妇家,而不是她的侄子媳妇上潘桃家,要是她的侄子媳妇不拿什么引逗她,她怎么能老去,再说,潘桃早先搞过烫发,也没变过发型,现在可倒好,几天一变几天一变,绝对是她的侄媳妇带坏了潘桃。然而,不管谁带坏了谁,不管有多少议论,潘桃和李平是不在乎的,对于不在乎的人,议论,就像肥料对于一株已死的稻苗,不会起半点作用。相反,有村里人的议论,有两个婆婆的议论,潘桃和李平不向山庄女人就范的理想更清晰起来。

好是真好，但是偶尔的，一点微妙的不快，也还时有发生。有一次，在镇子一家理发店烫头，一个曾经追过潘桃的小伙一边梳理潘桃的头发，一边开玩笑说，有一种办法可以叫你们烫头不花钱。李平说，什么办法？小伙子说，亲一口。李平说，这可是个不错的交易，我看行。小伙子分明是撩人，李平也分明是迎合了这种撩，潘桃一下子就生气了。从理发店出来，潘桃绷着脸，一路上不跟李平说话。见潘桃生气，李平知道不经意间，露出了自己在城里学坏的小尾巴，快到家门口时，就主动邀请潘桃，说，今晚到我家睡吧。其实，走到半路，潘桃已经不生气了，可是一时又拉不回来，听李平邀她，便赶紧答应，好，不回家了，就让婆婆痛痛快快讲去吧。一场不快，引出的就是这样一个结果，往友情的深度再走一步，像赎罪，更像奖赏，且这奖赏又往往是你给一寸我给一尺，你给一尺我给一丈。潘桃冒着婆婆面前夜不归宿的风险住了下来，李平便毫无疑问要掏自己最最真挚的东西。然而那东西是什么，一时并不清楚，还需一点点留心一点点寻找。关门之后，屋子一下变得温馨起来，宁静起来，以往，潘桃也在晚饭后到李平家坐过，但因为没有想不走，感觉还是很不一样。要走的夜晚，温馨和宁静往往浮在表面，与人的肌肤和喘息离得很近，让你时刻担心它会一瞬之间溜走；而决定不走的夜晚，温馨和宁静却是沉在墙壁里和天棚上，是那种旷远的、与人隔着距离的凝视，专注而深情。关了屋门，拉了窗帘，洗了脚，放了褥子和被，钻进被窝的潘桃和李平，第一次萌生了孤独的感觉。村庄的山野，黑夜，万事万物都离她们那么远，它们注视着她们，却离她们那么远。或者，它们是因为注视，才让她们觉得远，觉得孤独，孤单。有了孤独的感觉，同病相怜的感觉尤其重了，看着潘桃黑幽幽熟透了葡萄一样的眼睛，黑里透红的瓜子脸，丰满的小猪一样蜷在被子里的身体，李平突然地就知道该给潘桃什么东西了。李平说，潘桃，咱俩好是不是？潘桃说，这还用问！李平说，要好，就该像姐妹那样掏心窝子，不能说谎是不是？潘桃翘起脑袋，警觉道，我跟你说什么谎了吗？李平笑了，说，你觉什么惊嘛，我是说我自个儿。潘桃翘起的脑袋又陷下去。你说谎了吗？李平收回笑，目光里有一泓清澈的水雾喷出来。潘桃，李平说，语调十分的轻也十分的亲。我其实骗了你，我和成子的恋爱，其实并不是我上次讲的那个样子。潘桃说，这你不说我也知道，你是故意把自个儿说得很坏。李平说，不，不，你不知道，你不可能知道，我其实嫁给成子时，已经不是女儿身了。潘桃愣住，眼睛直直瞅着李平。李平说，十八九岁时，我比你浪漫，我那时太幼稚，以为只要有真心，城里肯定有我的份儿，实际上完全不是那么回事，城里狼虎成群，你有真心，只能是喂狼喂虎，进城第二年，我爱上一个酒店经理，也确实是因为他的身份吸引了我，可是他骗了我，他有老婆，他和我好只是为占便宜，后来，他让他老婆当着众人的面寒碜我……受了伤害，堕落两年，赚了些钱，那时我以为自己从此就完了，那时我对男人充满仇恨，对人生十分绝望，也想不到还会有什么真情……算是老天可怜我，让我遇到成子……遇到成子，我就发誓，我要把自己最真的东西给他，一生一世……李平说得十分平静，仿佛在说别人的故事，可是，泪却从她的眼眶漫了出来。潘桃伸出手，抹了李平眼角的泪，紧紧攥住李平的手，说不出话。李平说，那些男人，没一个好东西，越是知道你是假的，越是要上，真的，他们反而吓得往后退，就不知道这是为什么。潘桃往李平身边挪了挪,靠得更近了。潘桃说,李平,不能想象那是什么样的日子,真的不能想象,不过,有些经历,并不是坏事,不管好经历坏经历,我其实很羡慕一个人有经历,经历是财富。潘桃说着,赶紧揭开被子,钻到李平被窝。李平感激地搂住潘桃,说,你真的是这么想吗?你不觉得我脏吗?潘桃说——气哈在了李平脸上——当然是真的,在我眼里,你是世界上最最干净的人。

这样的夜晚,你一尺,我一丈,你一丈,我十丈,她们一步步往前走,走出一片沼泽,一片湖泊,走出一条康庄大道。她们没走进时,根本不知道那里有什么,会怎么样,她们一旦走进去,便看到了无穷无尽的景色——她们不管穿过的是什么,最终的结果,都是看到了无穷无尽的景色。

六

有了伴的日子要多快有多快,转眼之间,夏天过去,秋天也过去了,整个歇马山庄苞米都收光了,只剩成子家的苞米还在地里独立寒秋。见再不收已经说不过去,李平便携了潘桃来到自家苞米地里。这一天,听到树叶哗啦啦响,从另外的空间感受了时光的流逝,李平想起,自己居然四五个月没有回一趟娘家了。她于是告诉潘桃,苞米收完,她要回趟娘家,住个三天五天。李平正说着,潘桃砍苞米的手不动了。许久,她转过脸,对李平说,娘家这么远,看不看其实都一样,全是形式,我都不怎么回。李平说,这可不是形式,是牵挂,你不回,隔三岔五总能望见,能听见。潘桃明知道李平的话是在理的,可是偏偏不往理上说。她说你总改不了你的面面俱到,把自己搞得不像自己,你要走,我就上城里去看玉柱,不叫有你,我不知去了几千回了。这一回,仿佛一颗子弹打中了李平,潘桃上城看玉柱,这和李平没有一点关系,可是这话却像一颗子弹,一下子就制服了李平,她长时间不语。事情弄到这步田地,这么你一尺我一丈地往深处走,她们都看到,等在前边的,绝不是什么美好景色,谁就此打住谁才是聪明的。李平当然不是傻子,再也不提回娘家的事了。她不提回娘家,潘桃也不说上城,两个人便一心一意地砍着地里的苞米。

然而,这一事件之后,无论是李平还是潘桃,都隐隐地感到,她们之间,有了一道阴影。那道阴影跟她们本人无关,而是跟她们所拥有的生活有关,但又不是她们眼下的生活,而是在她们眼下的生活之外,是她们的更大一部分生活,只是她们暂时忘了它们而已。还好,她们并没有就此想得更多,她们也根本没往深处想,她们只是希望在她们暂时的生活中发生一些什么事情来驱走阴影。

事情确实发生过。是在第一场霜落到歇马山庄山野地面那天发生的。那一天,李平姑婆婆天还没亮,就来到成子家拽开了屋门。姑婆婆显然没有洗脸,眼角滞留着白白的眼屎。姑婆婆进到屋里,不理李平,两手捏着腰间的围裙,气哼哼直奔李平新房。当她站在新房地中央,看到了炕上被窝里确如她预料的那样,还躺着一个人,嘴唇一瞬间哆嗦起来。你……你……姑婆婆先是指着炕上的人,然后仿佛这么指不够准确,又转向了从后面跟进来的李平。姑婆婆的脸青了,如一张茄子皮,之后,又白了,如干枯的苞米叶。姑婆婆看定她眼中的成子媳妇,眼里有一万支箭往外射。姑婆婆终于说出话来:我告诉你成子媳妇,我们于家说的可是一个媳妇,不是两个!看你把日子过成什么样子,弄那么一个妖不妖仙不仙的人在身边,这是过日子吗?!李平起初还决定忍让,让姑婆婆尽情抖威风,可是见她出语伤人,又伤的是潘桃,便说,大姑,别这么说话,不好是我不好。这时,潘桃从炕上翻了起来,噢的一声,李平你没有错你凭什么认错,要错是你大姑的错,她嫁出去的姑娘泼出去的水,凭什么回来管你于家的事!于家的日子怎么过,跟她有什么关系!然而潘桃刚说完话,堂屋里就冲出了另一个人的声音:潘桃你是谁家媳妇,你能说你不是老刘家的媳妇吗,谁允许老刘家的媳妇住到老于家?

进门的是潘桃的婆婆。显然,李平的姑婆婆和她早已串通好;显然,两个年轻媳妇形影不离时,两个老媳妇也早就形影不离剑拔弩张了。见两个婆婆一齐指向潘桃,李平终于忍不住,李平说,这确实是我的家,你们这么一大早闯进别人家吵架,是侵犯人权,都什么时候了,都新世纪了。李平的声音相当平静,语调也很柔和,但谁都能听出其中的不平静,其中的凌厉。这一点潘桃很感意外,似乎终于从李平身上看到了她对浪漫的维护。

李平能说出这样的话,自己也毫无准备。但那话一旦出口,就有了一种理直气壮的感觉,站稳站直的感觉。这感觉对此刻的她,要多重要就多重要。有了这感觉,可以从骨子里轻视姑婆婆们的尖刻话语,可以冲她们笑,可以听了就像没听到一样。说出那样的话之后,李平转身就离开屋子,到院子里打水洗脸。潘桃也跳下炕,随她来到院子里,留下两个婆婆在屋子里疯狂地自言自语。

人与人之间的关系,说来也是非常奇妙,你硬了,她反而软了,两个婆婆从屋里走出来时,居然彻底地改过脸色,好像刚才满脸乌紫的她们从后门走了,现在走出来的是她们的影子。她们在院中央停了下来，潘桃的婆婆说：桃，我都是为了你好，都是村里人在说。李平的姑婆婆说：侄媳妇，就算俺狗咬耗子多管闲事，你可千万别生气，你俩可要好长远点。说罢，她们飘出院子，剩下潘桃李平四目相对。

一场胜利不但将潘桃和李平的友谊往深层推了一步，抹去了阴影，且让她们深刻地认识到，她们的好，绝不是一种简单的好，她们的好是一种坚守、一种斗争，是不向现实屈服的合唱。她们友谊有了这样的升华，真让她们始料不及，有了这样的升华，夜里留在李平家睡觉的意义便不再是说说话而已，睡觉的意义变得不同凡响了。因为睡觉的意义有了这样重大的不同凡响，后来的日子，她们即使没有话讲，也要在一起。她们在一起，看一会儿电视，就进入睡梦，仿佛是个简单的睡伴。

然而，她们的未来生活，潜伏着怎样的危机，姑婆婆那句意味深长的话，到底有着怎样的寓意，她们一点都不曾知道。

那个山庄女人现有的生活之外的生活，那个属于她们的更大一部分生活，是在什么时候又转回山野，转回村庄，转回家家户户的，谁也说不清楚。它们既像地球和太阳之间的关系，是公转的结果，又像地球和自己的关系，是自转的结果。说它公转，是说它跟季节有着紧密的联系，说它自转，是说它跟乡村土地的瘠薄留不住男人有着直接联系。它最初磕动山庄女人们的心房，是从寒风把河水结成冰碴儿那一刻开始的。其实是那日夜不停的寒风扮演了另一部分生活的使者，让它们一夜之间，就铺天盖地地袭击了乡村，走进了乡村女人等待了三个季节的梦境。它们先是进入乡村女人梦境，而后在某个早上，由某个心眼直得像烧火棍一样的女人挑明——上冻啦，玉柱好回来啦——她们虽然心直，挑明时，却不说自家男人，而要从别人家的男人打开缺口。而这样的消息一经挑明，家家户户的院子里便有了朗朗的笑声，堂屋里便有了霍刺霍刺的铲锅声。潘桃，正是从婆婆用铲子在锅灶上一遍一遍翻炒花生米时，得知这条消息的。到了冬天，在外做农民工的男人们要打道回府，这是早就展现在她们日子里的现实，可一段时间以来，她们被一种虚妄的东西包围着，她们忘掉了这个现实之外的现实，或者说，她们沉浸在一个近在眼前的现实里。那个属于山庄每一个女人的巨大的现实向潘桃走近时，潘桃竟一时间有些惶悚，不知所措，那情景就仿佛当初玉柱离她而去那个早上。潘桃将这个消息转告李平，李平的反应和潘桃一样，一下子愣在那里。她俩长时间地对看着，将眼仁投在对方的眼仁里。看着看着，眼睛里就同时飞出了四只鸥鸟。它们开始还羞羞答答，不敢展翅，没一会儿，就亮开了翅膀，飞向了眼角、眉梢，飞向了整个脸颊。对另一部分生活的接受不需要太多的时间，它们原本就是她们的，它们原本是她们的全部，她们曾为拥有这样的生活苦苦寻觅，她们原以为一旦觅到就永远不会离开，可是，它们离开了她们，它们毫不留情，它们一走就根本不管她们，让她们空落、寂寞，让她们不知道干什么好，竟然把猪都放了出去，让她们困在家里觉得自己是一个四处乱爬的地瓜蔓子。一程一程想到过去，李平感激地看着潘桃，潘桃也感激地看着李平。李平说，真不敢想象，要是不遇到你，我这一年怎么打发。潘桃说，我也不敢想象，要是你也旅行结婚，不在大街走那么一回，让我看见你就再也放不下，我的生活会是什么样子。李平说，其实跟怎么结婚没有什么关系，主要是缘分，还是命运，谁叫我们都是歇马山庄的新媳妇。潘桃说，我同意缘分，也同意命运,但有相同命运的人不一定能走到一块儿,就说你姑婆婆家的两个闺女,结婚当年就生了孩子,就乳罩都不戴了,整天晃着脏乎乎的前胸在大街上走,你能跟这样的人交往?潘桃说完,两人竟咯咯地笑起来,最后,李平说,潘桃,看来我们需要暂时地分开了。潘桃说可不是,真讨厌,他们倒回来干什么?!

矫情归矫情,盼望还是一点点由表及里地进入了她们的日常生活。潘桃不再动辄就往李平家跑了,而是在家里里外外收拾卫生。李平不但地下棚上家里家外扫了个遍,还到镇子上买来天蓝色油漆,重新漆了一遍门窗。盼望在她们做完了这一切之后,又由表及里地进入了她们身体,在夜深人静的时候,在她们分别从内心里赶走对方,一个人在新房里默默地等待一个如胶似漆的拥抱的时候,一种刻骨铭心的身体里的饥渴竟山塌地陷般率先拥抱了她们。

冬月初三,歇马山庄的农民工们终于有回来的了。他们先是由后街的王二两带头,然后山路那边,就出蘑菇一样,一个一个钻出来。他们由小到大,由远到近,几乎两三天里,就一股脑儿涌进村子。他们背着行李,大步流星走在山路上,歇马山庄,一夜之间,弥漫了鸡肉的香味烧酒的香味。这是庄户人一年中的盛典,这样日子中的欢乐流到哪里,哪里都能长出一棵金灿灿的蜡梅。

然而,欢乐不是乡村的土地,不可以平均分配。在欢乐被搁浅在大门外的人家,蜡梅是一棵只长刺不开花的枝条。当捎口信的人说,玉柱和他的父亲和一家装修公司临时签了合同,要再干俩月,空气里顿时就长出了有如梅花瓣一样同情的眼睛。在外边,谁能揽到额外的活谁就是英雄好汉,最被人羡慕,可回到家里，就完全不同，回到家里，捎信人倒变成了英雄好汉。捎口信的人刚走，潘桃就晃晃悠悠回到屋子，一头栽到炕上。

在婆婆眼里，潘桃的表现有些夸张了，无非是晚回来几天，又不是遇到什么风险，是为了赚钱，大可不必那个样子。再说啦，就是真的想男人想疯了，人面上也得装一装，那个样子，太丢人现眼了。但是，婆婆没有说出对潘桃的不满。自从寒风把男人们要回来的消息吹了回来，婆婆也变了样子，变回到年初潘桃刚结婚时那个样子，一脸的谦卑，好像寒风在送回山庄女人丢失在外的那一部分生活时，也带回了温和。潘桃的婆婆不让潘桃干活，不停地冲潘桃笑，当天晚上，还做了两个荷包蛋端到西屋，小心翼翼说，桃，起来吃啊，总归会回来的嘛。

一连好几天，潘桃都足不出户，她的母亲闻声过来叫过她，要她回娘家住几天，潘桃没有答应。父亲回来了，娘家的欢乐属于母亲而与她无关。婆婆劝她上外边走走，散散心，或到成子媳妇家串串，潘桃也没有理会。山庄的女人一旦被男人搂了去，说话的声调都变得懒洋洋了，她不想听到那样的声音。李平倒不至于那么肤浅，会当她的面藏着掖着，故意说男人回来的不好，甚至会说多么想她。可是，好是藏不住也掖不住的，相反，越藏越掖越露了马脚。冬月，腊月，两个月的时光横亘在潘桃面前，实在是有些残酷了，它的残酷，不在于这里边积淤了多少煎熬和等待，而在于这煎熬和等待无人诉说，而在于这煎熬和等待里，抬头低头，都必须面对一个人——婆婆。

女人的世界其实没多大，就两个人。李平实在了不起，李平的总结太精辟了。李平的男人回来了，就有了她的又一个世界，李平有了那样男人女人两个人的世界，便抛下她，撇下她，婆婆便成了她唯一的世界。最初的日子，潘桃对婆婆是拒绝的，不接受的，婆婆冲她笑，她不看她，婆婆把饭做好，喊她吃饭，她爱理不理，即使吃，也要等着婆婆的喊停下十几分钟之后，那样子好像是婆婆得罪了她，是婆婆导演了这天大的不公。结婚以来，她一直拒绝着与婆婆交流，她将一颗心从李平那里收回来，等待的本是玉柱那巨大的怀抱，现在，那怀抱不在，却出现了躲避大半年的婆婆，这哪里是什么不公，简直就是老天爷冥冥之中对她的惩罚，那意思好像在说，这一回看你怎么办？

　　老天爷对潘桃的惩罚自然就是对潘桃婆婆的奖赏，老天爷把儿媳妇从成子媳妇那里夺回来，又不一下子送到儿子怀抱，潘桃婆婆真是不敢相信这是真的。十几年来，男人一直在外边，独自守日子惯了，男人早回来晚回来，已不是太在乎，换一句话说，在乎也没用，你再在乎，为过日子，他该出去还得出去，该什么时候回来，还是什么时候回来，凡是命中注定的事，就是顺了它才好。而儿媳妇就不一样，命中注定儿媳妇要守在你身边，如何与她相处，做婆婆的可是要当一回事的。潘桃婆婆也知道，这新一茬的媳妇心情飘得很，跟那春天的柳絮差不多，你是难能捉到的，尤其一进门男人又扔下她们走了。但她抱定一个想法，她们总有孤寂的时候，她们孤寂大发了，她们那颗心在天空中飘浮得累了、乏了，总要落下来，落到院子和灶坑。她们一旦落下来，便和婆婆要多缠绵有多缠绵，有时候，都可能缠绵得为一句话、一个眼神争得脸红或吵起架来。歇马山庄新媳妇不到半年就闹分家，就跟婆婆打得不可开交的实在太多了，为了能和儿媳处好，潘桃婆婆在潘桃孤寂下来那段日子，拼命和她说话，恨不能把自己大半生心里的事都敞给她，有时说得自己都不知为的哪一出，可是想不到这反而把儿媳说烦了，把儿媳推给了成子媳妇。她怎么也想不到，村子里居然出了个成子媳妇。那段日子，做婆婆的心底下翻腾得什么似的，都快成一片岩浆了，飘飞的柳絮没落到自家的院子落进了人家，实在叫她想不通。这且不说，忽而地进进出出，她看她都不看，把这个家当成了一个旅馆、饭店，这也可以不说，关键是，她从来就没叫她一声妈！这就等于她们还没缠绵就吵了起来，等于她们压根儿就没有好过。她们为什么要这样呢？这样子其实两边不讨好，人们会说，一边没娶上好媳妇，一边没遇上好婆婆，这实在是丢了刘家祖宗的脸。也是的，拉不近儿媳，心里气不过，就和成子媳妇的姑婆婆好上了，也是同病相怜地好，她们原来一点都不好。成子媳妇的姑婆婆曾苦天哀地地买了潘桃婆婆家一只老母鸡，说是娘家老爹得了风湿病，要杀给老爹吃，结果，潘桃婆婆在让利十块钱卖给她的第二天，就听人说她拿到集上卖了十五块。为此她们三四年没有说话。两个被儿媳妇和侄媳妇抛弃的女人不得不又好上，把各自的媳妇讲得一塌糊涂，然而潘桃婆婆无论怎么讲，有一点是清醒的，那就是，只要儿媳妇回到她身边，她是肯定不会再讲她的。现在，这样的机会终于来了，虽然做婆婆的还弄不清楚，儿媳妇人在身边，心是否也在，可是她想她的心不在这儿又能在哪儿呢，人家成子媳妇抛了她。人在自信时总会变得明智，儿媳的心从外边收回来了，潘桃婆婆为了这个收，就尽量找一些合适的话来说。婆婆知道说别人潘桃不会感兴趣，就说成子媳妇。她当然不能说她好，成子媳妇现在已经够好的了，好得都把潘桃忘了，再说她好她就该飞上天了；也当然不能说她的不好，毕竟她是潘桃的朋友，她们好时差不多穿了一条腿裤子。婆婆的话是那些不好也不坏的中间性的话。这有些不好把握，如履薄冰，但自信有时候还给人勇气，潘桃婆婆是一步步度探着往前走的。婆婆说，成子媳妇也不容易，爹妈都不在身边儿，又没有婆婆。这话的潜台词是，哪里像你，爹妈在身边又有婆婆，你该知足。婆婆说，成子媳妇倒挺随和，可怎么随和，那脸上都有一些冷的东西，叫人不舒坦。这话的潜台词是，你尽管不随和，各色一些，但面相上还是看不出的。婆婆说，成子媳妇看上去老实本分，其实村里人都说她很风流，是那种不显山不露水的风流，她脸上那一点冷，就是遮盖着她的风流。这句话的潜台词是，你尽管看上去很浪，但其实骨子里是本分的。婆婆所有的话，都是要从潘桃和成子媳妇的比较中找到潘桃的优势，从而巧妙地达到安慰的效果。然而，这些话恰恰是最致命的。安慰本身，就是一种照镜子，婆婆实际上是搬了成子媳妇这面镜子来照自己，自己无论怎么样，都在这面镜子里。自己难道是要成子媳妇来照的吗？！当然，最致命的，还不是这个，而是那些关于谁最风流的话，风流，在歇马山庄，并不是歌颂，是最恶毒的贬斥，这一点没有人不清楚，可是此时此刻，在潘桃心中，它经历了怎样的化学反应，由恶性转为了良性，潘桃一点都不知道。她只知道在听到婆婆强调李平的风流时，她的心一瞬间疼了一下，就像当初在街门口，看到成子媳妇与成子挽手走着时，心疼了一下那样，她想我潘桃怎么就不风流呢？她的眼前出现了李平被成子拥在怀中的场景，出现了李平被许多城里男人拥在怀里的场景。李平被成子拥在怀中，被一些城里男人拥在怀中，并不是在歇马山庄里与自己厮守了大半年的那个李平，而正如婆婆说的，是风流的，是从眼睛到眉梢，从脖子到腰身，通通张狂得不得了的李平。堂屋里的空气一层层凝住了,有如结了一层冰。这让潘桃婆婆有些意外,她说的话在她看来是最中听的话。潘桃婆婆先是从潘桃眼中看到了冰凌一样刺眼的东西,之后,只听潘桃说,当然成子媳妇风流,你们哪里知道,她结婚之前,做过三陪,跟过好多男人了。

说出这样的话,潘桃自己没有防备。她愣了一下,目光中婆婆的眼睛也瞬间瞪大,愣了一下。但是话刚出口,她就觉出有一股气从肺部蹿了出来。多日来,那股气一直堵着她,在她的胸腔里肺腑里鼓胀,现在,这股气变成了一缕轻烟,消失在堂屋里,潘桃感到了从未有过的轻松。

七

在与成子团聚的时候,李平并没像潘桃想象那样多么放纵多么恣肆,李平十分收敛,新婚时毫无顾忌的样子一点都不见了。好几次,成子从院里走进堂屋,顺手往她的胸上摸一把,她都没好气地说,你——粗鲁!晚上,成子不顾一切,把炕上的石板弄出声响,也希望李平有点动静,可李平就是不出声。成子着急,胳肢她笑,李平恼怒着说,怎这么没脸皮。李平不够放松,有意收敛,激起了成子的恼火,你,刚分手不到一年就变了心,为什么?见成子恼火,李平直直看着他,目光忧郁着说,成子,你才变了,年初你还是个孝子,怎么不到一年就变得这么粗,你不想想,咱们是两个人,可爸在外干了一年回来,还是一个人,你不为他想想。见媳妇的拘谨是出于一份善良,成子的恼火转成感动,热烈的亲密便只缩到被窝深处,并且,一场酣畅淋漓的亲密之后,两个人往往看着天棚,听着窗外寂静的夜声,会立即陷入一种静默,好像他们做了什么不该做的事,有了罪过。刚进于

123

家，因为不能设身处地，李平并没有这么深入地体会公公。那天，成子和公公从外面回来，她做了一桌好菜，她和成子有说有笑，可是公公吃了几口就放下筷子出去了，公公出院，李平也放下筷子跟了出去，见公公直奔西山顶婆婆坟地。那一刻，李平知道这个春节、这个团聚的日子该怎么过了。她绝不让成子在大白天走近她，而且有的活儿，比如杀鸡，她和成子追上抓着，却要一手拿刀一手拿鸡走到公公跟前，要公公杀。而干活时，又总是跟公公无话找话，说夏天的干旱，说村委会主任收了几回水利费和农业税，说壳郎猪不知为什么有几个月不爱吃食，说养了十只母鸡结果就三只下蛋。李平所说的一切，都是乡下人一年当中最最关心的事情，是乡村日子在一年中的重要部分。李平说这些，单单没提潘桃。在过去的一年中，潘桃是李平日子中最最重要的部分，可是李平没说。李平没说，绝不是有意回避，而是当着公公，她根本想不起潘桃。和公公说话，过去生活中那些被忽视的、不重要的事情，你方唱罢我登场似的，纷纷涌到她的眼前，而与她朝朝夕夕在一起，险些让她忘了鸡鸭猪狗的潘桃，却云一样，转眼间无影无踪了。

　　压抑着团聚的欢乐，每时每刻替公公着想，是李平目前面临的最大的现实，这样的现实又牵连出过去生活中另外一部分现实使潘桃变成了与现实对立的一个虚无。此刻，潘桃确实成了李平生活中的一段虚无，她已把她忘了，她的每一时刻都是有着紧凑的具体的安排的，比如什么时候磨米磨面，什么时候杀鸡杀猪，什么时候浆洗衣服，什么时候买布料做衣服。唯有上集时，李平才想起了潘桃，想应该喊她一块儿去，可是在家里一直放不开手脚与媳妇亲密的成子早就骑车等在村西路口了。

这一天，与成子上集采买年货的这一天，李平还真的一程一程想起了潘桃，因为李平顺便在镇上烫了头。李平在烫头时，想起了潘桃曾跟她讲过的跟玉柱恋爱的故事，那故事因为有着黄昏的背景，有着音乐的旋律，极其浪漫美丽。李平从理发店出来，与成子肩挨肩往百货店转，心里突然起了一份伤感，为潘桃——直到现在，她还没有跟玉柱见面，她一定是很苦的。李平真实地感受到了潘桃的痛苦，真实地同情潘桃，一路上都在想着潘桃的事，可是，回村路过潘桃家门口，却没有拐进去。非但如此，李平在潘桃家门口走过时，还格外加快了步伐，好像生怕潘桃看见。李平确实是怕潘桃看见的，尤其是跟成子一起。就像在家里不愿意让公公看到他们在一起一样。

一转眼，腊八到了，腊月初八是吃八样豆做的米饭的日子，但是，成子父亲和成子商量，这一天杀年猪。成子父亲要成子提前一天到村里请几个人喝酒。姑姑、姑夫，村委会主任和会计，还有和他们在一个工地干活的于庆安、单进奎。这一天成子家每个人都有了自己的活路，成子请客，父亲劈柴，李平切萝卜和酸菜准备杀猪菜。劈柴活累，要动力气，请客活轻，只动动嘴，但成子还是不愿父亲一个人挨门挨户走。一个孤单的人在街上串总有一种流落街头的感觉。这一天里，于家家里家外都充满了活络的气息，院外，有噼噼啪啪的劈柴声，屋里，有哐当哐当的切菜声，锅底，有呼呼呼呼火苗的蹿动声，锅上有咕噜咕噜水的翻开声。李平的脸粉里透红，红里透着灿烂的微笑。公公脸上尽管没有笑容，但也是平展的、安详的。成子中午回来吃饭向父亲汇报时，语速很快，声调很高，透着压抑不住的自满自足：我先去了村主任那儿，他一听就答应了，说谁请我不到，你爸请我不能不到。成子的汇报，自然让父亲和李平都平增了士气。日子在这样的节骨眼上，该是它最有滋味的时候。下午，成子再一次离家时，李平破例喊住他，说，你该把棉袄穿上，外边起风了。成子回屋穿棉袄时，李平抿着嘴，朝成子狠狠看着，看上去面无表情，但成子一下子就看出来那满得快要溢出来的幸福。其实它已经溢了出来，只是他不点破而已。

日子在这样的节骨眼上，若说有滋味，也是一种农家里极其平常的滋味，若说它平常，其实是说它没有什么波澜不是什么奇迹，是日子正常运行中必须有的事情。然而，这滋味因为一年当中并不多见，因为难得，它也便是农家里最不平常的滋味，是那平静中的波澜，平实中的奇迹。拥有这样波澜和奇迹的于家人，统统表现了一份知足，一份安定，他们一点也不知道他们的生活里还潜藏着什么。

事情是在下半晌露出水面的。事情在露出水面时，没有半点前兆。下半晌，公公劈完柴，到街外的草垛边抽烟去了。李平从锅里捞出鲜绿的萝卜片，正要往热水里切海带，成子从外边大步流星回来。李平因为有了中午时分跟成子的分别，以为这大步流星里携带的是兴奋，是欣喜，忙抬头迎住他。这一迎可把李平吓坏了，成子的脸扭曲得仿佛一只苦瓜，粗重的喘息从鼻腔传出时，顶出一股李平从没见过的愤怒。应该说，他脸上的愤怒和鼻腔里的愤怒呈一种你争我抢的趋势，把成子整个一个人都改变了，变成了一副穷凶极恶的样子。成子逮住李平目光后，擒小鸡一样把李平从灶台边擒到里屋。成子威逼的目光和手中的力气，让李平感到自己一瞬间变成了一粒尘屑，渺小、轻飘，而成子却仿佛一座山一样高大、威严。李平不知道发生了什么，李平目不转睛地盯着成子，心悬到嗓子眼，堵得她喘不过气息。这时，成子哆嗦的嘴唇中吐出了几个字，是石头，但落了地。你骗了我，你跟了城里人，你骗了我。他是希望李平把石头捡起来，扔掉它，可是，李平不但没有捡起来扔掉它，反而将它夯实——迷乱之中，李平也从哆嗦的嘴唇中吐出几个字：是的，我是骗了你，我是跟过城里人，可是，我确是爱着你的。字是石头一样沉重，落地有声，可是在成子听来，不是石头，而是一枚炮弹，它落在他与李平之间，轰然滚起万丈浓烟，弥漫了他的视线，弥漫了他的生活。成子一松手，将李平推到墙边，后脑勺与墙壁砰的一声撞响之后，成子大喊，你给我滚——

李平当天下午就夹包离开于家，离开歇马山庄，回娘家去了。李平走时，用围巾把自己出过血的后脑勺包扎得很严，从走出门槛的第一步，就再也没有回头。

成子家的猪没有杀成，父子俩关门三天三夜没有起炕。

潘桃是在李平离村的第五天才从婆婆口中得知消息的。她得知消息，异常震惊，立即清醒是谁搬弄的是非，眼睛直直地盯着婆婆，目光中含着质问。可是盯着盯着，想起自己在说出那样一个事实时的痛快，不由得低下了头。

玉柱和他的父亲在腊月十三那天回来了。玉柱没有得到想象那样热烈的拥抱，潘桃也抱他亲他，但总好像心中有事。玉柱一再追问到底发生了什么，潘桃坚决不说。潘桃不说，却要时而地叹息，眼神的顾盼之间，有着难以掩饰的惆怅。那惆怅蚕丝似的，一寸一寸缠着日子，从腊月到正月一直到二月。二月底的一天，潘桃婆婆在外面喊，看，李平回来啦——潘桃立时扯断眼中的惆怅，一高跳下炕，跑出屋子，跑到大街。李平确实回来了，

127

正和成子俩走在街上。然而他们却不是结婚那天那样，一左一右，而是一前一后。李平脸色相当苍白，眼窝深陷着，原来的光彩丝毫不见。李平看见潘桃，立即扭过脸，仰起头，向前方看去。脖颈上，耸立着少见的、但潘桃并不陌生的孤傲。

潘桃本是要同李平说句什么，可是李平没给机会。

三月底，歇马山庄的农民工又都离家出走了，李平家常去的，不再是潘桃，而是李平的姑婆婆。潘桃已经怀孕，每天握着婆婆的手，大口大口呕吐，像说话。婆婆听着，看着，目光里流露出无限的幸福与喜悦。

《人民文学》2002年第1期

有爱无爱都铭心刻骨

方 方

一

一只鸟从头上飞过。瑶琴看鸟时,突然看到一团白色从阳光上落下来,正好落在新容刚做过的头发上。瑶琴"呀"了一声,这声音像一根刺,把绷得紧紧的会场扎了一下。会场有一点骚动,像是鼓胀着的气球在放气。瑶琴吓得赶紧捂住了嘴。正在台上念名字的厂长停顿了一下,眼光落在瑶琴身上,然后他读出了瑶琴的名字。瑶琴呆了。好多人都回头看瑶琴。瑶琴无论如何也没有想到这次的下岗会轮到她的头上。

瑶琴觉得自己长得标致,厂里领导每回见到她都朝她笑。和她一起的新容总会在她的胳膊上揪一把说,看看看,领导又冲你笑了。瑶琴也觉得领导正是冲她笑的。美丽的脸谁都愿意看,瑶琴想,她这张脸在领导眼里可不就是一道风景?所以她觉得自己肯定不会下岗,她一点思想准备也没有做。可是这天宣布下岗,她偏偏听到了自己的名字。非但她,全厂人都听到了她的名字。瑶琴一时间觉得自己的身体被根大木棒打缩了,又被一把利刃劈开了,人倒了下去,地上正好又满是尖刺。一种说不出来的痛把她包围了起来。

早就做好了下岗准备的新容却没有下岗。瑶琴不禁回头看新容,新容因为兴奋,脸上红扑扑的。原来觉得她一点也不好看的瑶琴突然觉得她漂亮起来。于是她明白了自己下岗的原因:新容现在是风景了,而她这道风景已经老旧。原以为领导是冲她笑的,其实,他们的笑容是为了新容。瑶琴悲哀了起来,同时心里有了些愤怒。以往她是颇喜欢厂里那几个领导的,现在,这种喜欢全都成了仇恨。瑶琴想,你们年年看我,把我看老了,就像扔抹布一样把我扔了?

瑶琴回到家里,忍不住呜呜地大哭了一场,哭得连晚饭都没有吃。她不知道自己怎么办才好。屋里很安静,没有别的人,哭得再凶也只有自己听。电话铃响了,瑶琴抹着眼泪接听电话。线那头的人没说话,就先哭了起来。瑶琴听出是新容。瑶琴心想,你有什么好哭的?新容仿佛听到了瑶琴心想的话,便哽咽着说:瑶琴,你一定会说我有什么好哭的,可是……我就是想哭。我没办法。我以为是我下岗的。我也没有去找人……我已经想好了自己下岗算了的……瑶琴没听完,就把电话挂了。挂完电话,瑶琴不哭了,她想,新容现在一定哭得更厉害。瑶琴有点想把电话再拨回去。她手抬了抬,最后还是放了下来。

屋里依然很静。静得似乎能听到空气的蠕动。如水的月光落在窗台上。瑶琴呆坐了一会儿,便找出了杨景国的照片。她上个月才把杨景国的照片全部收藏起来。因为上个月她让杨景国的照片陪她过三十八岁生日。她对着照片独自饮酒,饮着饮着,就落了泪。泪眼蒙眬中,突然觉得照片里的杨景国死死地盯着她,凶凶的,一副对她很不满意的样子。这是杨景国从来没有过的表情,她很惶恐,不知道自己做错了什么。晚上,她搂着杨景国的照片睡觉,杨景国便从一片水雾里走出来。杨景国站在河的那一边对她说,他在那边很不快乐。不快乐的原因就是他答应过让瑶琴一辈子生活得幸福,可是他没有做到。他在那边的衣服一直都是湿漉漉的,从来都没有机会干过。瑶琴的眼泪已经流了十年,每一滴都落在了他的身上。他请瑶琴让他能够穿一件干爽的衣服。瑶琴听着杨景国的话,又哭了起来。瑶琴哭时,果然看到雨点在河那边直直地落在杨景国的头上。杨景国的衣服已经潮湿得紧贴在了身上。杨景国说你看你看,你笑笑好不好,给我一点阳光。然后他就往回走。他走时,雨滴也跟着他。瑶琴呆了,然后她就醒了。醒后看到杨景国的照片上满是水渍。从这天起,瑶琴便收起了杨景国的所有照片。她想她得让杨景国穿一身干爽的衣服。她得给杨景国一些阳光。她得快乐。

可是,现在她却下岗了。下岗意味着什么?意味着她从此没有了收入,意味着她被她工作了二十多年的集体遗弃了,意味着工厂不要她了,意味着她从此是一个没有用处的人了。瑶琴想想就窝心,眼泪又忍不住一串一串地往下掉。瑶琴一边抹泪一边对杨景国说:对不起,又让你的衣服湿了。对不起,我马上就揩干。

杨景国与瑶琴的爱情故事,在他们工作的机械厂里像是一个很著名的传说。每一个新到厂里来的人,总能在第一时间里听到这个故事。故事多是这样的开头:十几年前……

十几年前,杨景国刚从大学分来第一天,他端着碗去食堂吃饭。因为不识路,便随意地找人询问。恰巧就问到了瑶琴头上。当然也可能是瑶琴漂亮醒目的缘故。瑶琴那时候有一个男朋友叫张三勇。张三勇人生最怕的事情就是怕漂亮的瑶琴被别的男人勾跑掉。突然见瑶琴在跟一个戴眼镜的斯文男人说话,气不打一处来,问也没问一声,上去就给了杨景国一拳。可怜杨景国来厂里后还没有认识一个人,就先认识了一个拳。杨景国的眼角当时就青了,碎掉的玻璃片几乎弄瞎了一只眼,眼镜无疑也废掉了。瑶琴气得要死,立刻就跟张三勇吵了一架。然后出于责任,她再三向杨景国道歉,带着他去了医院不说,还赔了他一副眼镜。以后每回见了杨景国,瑶琴总还有负疚感。杨景国是技术员,常下车间,瑶琴一见他来,就上前替他帮忙。结果这一来二去的,瑶琴就跟杨景国好了。厂里人笑死张三勇,说他一个醋拳把女朋友打进了别人怀中。

杨景国家在乡下,父母日出夜回,从来也没怎么管过他。他觉得自己这一生是自己长大的。是跟着自家屋里的门槛一起长大的,是跟着村边的一棵树一起长大的,是跟着村头老独户陈老倌养的一头牛一起长大的。后来他读了大学,因为穷,加上自卑,从来也不敢跟女孩子交往。他的日子过得粗粗糙糙。他总觉得无论他死了或是他活着,全世界都没有一个人介意。他来来去去总是很孤单。结果张三勇的一个拳头使他获得瑶琴的格外关照。这关照并不多,但一下子就彻底温暖了他的心。于是他爱上了瑶琴。像杨景国这样从来没有爱过的人,一爱起来就不可收拾,直恨不得瑶琴就长在他的眼珠里。张三勇为此又给过他几拳,眼镜碎了好几个,但这些都阻挡不了杨景国从内心深处迸发出来的爱情。瑶琴跟张三勇本来不在一个小组做事，日子处长了，便走到了一起。两人过去都没谈过恋爱，也不知道爱情是什么，以为就是年龄相当，容貌上过得去，然后去街道扯个证，弄个房间一起过日子。这就算是爱情一场了。可是杨景国的出现，突然就让瑶琴的心里生出另一种渴望。她不知道那是一种什么渴望。她只知道每当杨景国专注而痴呆地凝望她时，她就会特别激动，就心跳得不能自制，就想倒在杨景国的怀里向他倾诉什么。有一天，她跟张三勇吵了架，她决定跟他分手了。这天晚上还下着雨，杨景国来找她。

  杨景国在她家门口等了好几个小时，浑身淋得湿湿的。瑶琴怀着委屈跑回家，突然她就看到了落汤鸡似的杨景国。瑶琴的心一下子就激荡开了。两人没有说话就先拥在了一起。瑶琴想哭，可她料不到的是，她还没来得及哭，杨景国倒先哭了起来。两人哭了许久，便觉得从此他们再也不想分开。面对这样顽强的爱情，张三勇也没有办法，只好悻悻退出。

  瑶琴跟杨景国的恋爱是一场真正的恋爱，是好多女人都向往的那种恋爱。他们每天都约会，傍晚就牵着手去江边闲逛，一直逛到夜深才回家。中午则不顾大家的观望，同坐在食堂的长凳上吃饭，像电视剧里的男女主角一样，把自己碗里的饭菜喂进对方嘴里。瑶琴不吃肥肉，杨景国就把所有的肥肉咬下来自己吃，而把所有的瘦肉都给瑶琴。瑶琴喜欢吃青菜叶不喜欢吃青菜梗，杨景国就会把所有的青菜叶都拨给瑶琴而把瑶琴碗里的菜梗全撸到他的碗里。每次吃饭时，杨景国都忙忙碌碌地做着这些：有几次瑶琴看着他这么执着地做这种碎事，眼泪只想往外淌。瑶琴想跟着这样的男人她这一生有多么幸福哇。怎么这么好的运气叫她给碰上了。这么想过后,瑶琴对杨景国就更加温柔体贴。过年了,杨景国往常总是回老家看父母,有了瑶琴后,他连老家也不想回。瑶琴过意不去,催他回家,可是杨景国却说他舍不得离开瑶琴。说他一天见不到瑶琴心里就慌,就不知道怎么办才好,就觉得天地都是灰的。一番话说得瑶琴泪水涟涟,也就没有让他回家。瑶琴把杨景国的话转述给班组的姊妹们听时,大家也都泪水涟涟起来。都说如果能有一个人能对自己说出这样的话来,真是死也值了。只有张三勇说,这样的话也是一个男人说的吗?瑶琴没理张三勇,倒是班组的姊妹们群起而攻张三勇,说为什么男人就不能说这样的话?说这样的话令女人感到幸福为什么就说不得?说出这样的话难道就丢了男人的身份吗?

　　有杨景国和没杨景国的人生真是太不一样了。瑶琴跟杨景国恋爱的那几年,越长越漂亮,厂里人都惊说,想不到最养女人容颜的东西竟是男人的爱情。在厂里,杨景国没有因为技术好水平高以及搞什么革新而出名,倒是他一往情深地成天要黏着瑶琴以致声名大振。全厂人差不多都认识他。有一回厂里工会组织五一节晚会,主持人为了搞笑,出了个测验,要女工们选出厂里最受人欢迎的男人。没等他说完话,女工们就在台下一起喊了起来:"杨景国……"厂里的副书记是个女的,她也跟着喊杨景国的名字,让全厂的男人大跌眼镜。跌完后纷纷骂杨景国,说他搞坏了厂里的风气,破坏了厂里许多家庭的安定团结。瑶琴曾问杨景国介不介意男人们的笑骂,杨景国笑了笑,只说他们不懂,会爱女人是一种幸福。

　　杨景国一直想早点结婚,可是房子排队一时还轮不着他们,所以他们就一直恋爱。曾经在杨景国的集体宿舍里,趁同舍的人去看球赛，两人偷吃过几次禁果。有一次瑶琴没注意，怀了孕。杨景国悄悄带她到乡下去做了一次人工流产。那次以后，杨景国便尽可能克制自己。杨景国说，琴儿琴儿，我不能再伤你了，我只想要快点结婚。三年八个月的恋爱过去了，他们终于分到了房子。那天下班后，他们去看房子。这是个春天的黄昏，还下着小雨，瑶琴打着伞坐在杨景国的自行车后。一辆卡车疯了一样冲过来，瑶琴没有看到，她只听到杨景国急叫了一声琴儿快跳哇！瑶琴不知什么事，嗵地就跳下车来。她还没站稳。就见汽车从自己身边擦过。杨景国和自行车都被撞到了路边。同时被撞倒的还有另一个女人，杨景国的头磕在路边的一块石头上，鲜血满面。他溅在地上的血跟那个女人的混在了一起。瑶琴尖叫着跑过去。她哭着抱起了杨景国，她的哭声撕心裂肺。杨景国睁开眼睛，笑了笑，对瑶琴说，你别哭啊你笑笑。瑶琴呜咽着勉强咧了咧嘴。杨景国说那我就放心了。然后就再也没有说话。这是杨景国留给瑶琴的最后的声音。瑶琴痛不欲生，几次都想跑到那块石头上撞死自己，然后去寻找杨景国。但因为新容盯得特别紧，每次发现瑶琴有所动静，就拼着命叫喊着让人扯住。多扯了几次，便又把瑶琴生的愿望扯回了心里。瑶琴后来就不想死了。她想杨景国一定是不愿意她死的。厂里怜惜瑶琴，虽然房子紧张得不得了，但还是没有把分给杨景国和瑶琴结婚的房子收回去。于是瑶琴就一直住在这个房间里。好多年了，一个人恍惚地过着。

　　瑶琴的眼泪已经干了。她用毛巾拭着杨景国的相片。镜框很明亮，杨景国在里面笑着。瑶琴用食指抚了一下他的嘴，然后用杨景国的羊毛衫把它包起，重新放回箱子里。瑶琴想，天已经凉了，再不能让杨景国的衣服湿着。

瑶琴把相片放好后，她又有些不安，心想或许杨景国的衣服已经被她打湿了。于是便走进卫生间，用洁面乳把自己的脸细细洗了一遍，然后抹上淡妆。瑶琴对着镜子笑了笑，她知道她这是笑给杨景国看的，而且杨景国一定看得到。笑过后，瑶琴觉得河那边有阳光喷薄而出，照耀在杨景国的身上。可是，瑶琴却下岗了。

二

瑶琴的妈妈原是小学老师。老早就退休了。早退休的人虽然早些日子享福，可是工资却比晚退休的人要少好多。瑶琴的爸爸长年在地质队工作。回来后，闲不住，就开了一爿书店。刚开始时，书店生意并不好。饱一顿饥一顿地勉强维持个温饱。瑶琴的妈妈加入后，就在店头一侧加了个偏屋，对外出租影碟。附近有所中专学校。学生们常来这里租碟，生意慢慢就好了起来。瑶琴的妈妈便又把偏屋的碟架挪到了书店里，把偏屋隔成三个鸡笼大的小间。里面放上电视机和影碟机。每小间刚够坐两个人。用蓝花布幔隔断了外面的视线。这样，店里除了影碟可以出租外，这里还增加了看碟的包间。这一招，尤其受学生们欢迎。几乎每天晚上，都有成双成对的学生过来包间看碟。生意一下就火了起来。白天也有人过来包间看碟片。看一张碟十块钱。不贵。就因为不贵，来的人才多。人换了机子却不歇，几年下来，VCD的机子都看坏了两台。

瑶琴很少回家。回去后看着年轻人搂着腰进她家的店里，她的眼睛就发酸。她想杨景国是最会搂人的了。杨景国用手臂搂着她逛街时，根本不用动嘴，她从腰上就知道他想要去哪里。她随着他手臂的感觉行动。杨景国想些什么会从他的手指一直传达到她的心里。这一切,前来看碟的男男女女你们懂吗?

瑶琴下岗的第二天给她的母亲打了一个电话。母亲说你回来吧,厂里不需要你,可家里需要你。瑶琴被母亲的话温暖了一下。

瑶琴带着母亲的温暖在回家前先去了东郊松山上杨景国的墓地。因为心里头有一股温暖,所以这一回她没有哭。她像平素一样,把杨景国墓前的杂草清理了一下,将带上山的一把花插在水泥做的花瓶里。然后就蹲在杨景国墓前轻轻地问杨景国:我该怎么办?问完后,她没听到杨景国的回答,只有风声呜呜的。天凉了,瑶琴心知她不能哭。

瑶琴的妈力主瑶琴到店里来帮忙。瑶琴坚决不肯。瑶琴没说原因。她知道她可以做任何事情,却不可能留在家里看这个小店。有一回,瑶琴去书店取东西,随便走到偏屋,信手撩开了一张布幔,看到两个年轻人正拥在一起,一边吻着一边看碟。瑶琴看呆了,心里头抖得像被狂风吹着一样。杨景国当年拥抱她的感觉猛然一下又将她裹住。结果她什么东西都没拿,跑回家去哭了一场。

十年都过去了。时间是很长很长的。长得瑶琴已经三十八岁,眼见得就是进四十岁的人,皱纹也已从她的心里一点点爬上了她的额。可是在瑶琴心里,更长更长的是她和杨景国在一起的四年多时间。那所有的一切都密密集集地潜伏在她内心的皱褶中。

瑶琴拒绝在店里做。瑶琴的爸觉出了瑶琴的心事,便对瑶琴的妈说,就别为难她了,让孩子自己想做什么就做什么吧。说完，瑶琴的爸又说，找个男人成家吧。景国肯定愿意你早些有个家。你总得靠着个人生活吧？要不，你这样过，你以为景国会安心？

瑶琴默不作声。这些话，她爸以前也说过，她不愿意听。现在她听进去了。她知道，这件事迟早得来。既然下岗了，那就来吧。

瑶琴的妈见瑶琴的神色，知道她心里已经开了一条缝。因为十年来，只要有人劝瑶琴再找一个男人，瑶琴都会立即板下面孔，堆一脸恨色地骂人。就好像对方是来抢走她丈夫似的。有过这样几回，便没人再敢开口。瑶琴的妈知道，一个人的心一旦开了点小缝，就能有清新的风挤进去。可能只是几丝丝，但也足能吹干心里面的霉斑，让霉斑的周围长出绿色来。瑶琴的妈在杨景国死去的这十年里，就这天才长长地舒了一口气。

从父母家回去，瑶琴的心一下子就平静了。这种平静，当然不是一种安宁愉快的平静，更有一些像是心如止水，就此罢休的平静。瑶琴第二天就去厂里办完所有的下岗手续。本来她想去厂长办公室道一声别，走到门口，见到厂长正和书记谈笑风生地议论什么出国的事，他们的笑声朗朗，令瑶琴心下一阵索然。她便又退了回去。瑶琴转到车间交出她的工具箱。车间主任要她跟班组的人打声招呼，她耳边突然响起厂长和书记的笑，于是她的心又一阵索然，瑶琴说算了吧。瑶琴说完就自顾自地走了。她在这里干了二十年的活儿，走时却没有跟任何人道别一声。她心里很茫然，目光也很茫然。茫然得仿佛自己的周围是一片海，海面上升腾着雾气。车间里机器的响声和工友们遥望她的目光都溶在了这茫然一派雾气之中。

实际上班组的工友都看到了瑶琴，他们想叫她，可瑶琴的神情吓住了他们。他们眼睁睁地看着瑶琴走出车间。瑶琴的脚步显得那么无力，背影的晃动透出深深的疲惫和哀怨。于是落在那背影上的目光都含有几分怅然和无奈。瑶琴就在这样的目光下隐没了。

瑶琴回到家，三天没出门。她用这三天的时间，把屋里的家具重新摆布了一遍。她也不知道自己为什么要做这些。她只是因为自己不做点什么就会闷死和愁死。第四天家里的事都干完了，瑶琴就不知道自己应该再干什么了。她便躺在床上。她觉得屋里没有活动的东西，空气都仿佛凝固着，把她和房间凝固成一个整体。

瑶琴想，就这么躺着吧。什么都不去想，连杨景国也不想了。

三

傍晚的时候，瑶琴的妈敲开了瑶琴的门。瑶琴懒懒地从床上爬起来。头发凌乱，面带倦容。瑶琴的妈惊叫着说，我的天我的闺女，你这是怎么回事？瑶琴说没什么事，我就是睡得好累。瑶琴的妈说那就起来休息休息吧。

瑶琴的妈喝了一杯水，看着瑶琴梳头洗脸，换上了衣服，方说五中的校长是她的老朋友，也退休了。今天过生日，邀了他们几个退休的校长聚会吃饭，讲了一些闲话。五中的校长说起他学校有个化学老师，姓陈，人品特别好。老婆瘫在床上九年多，他一直尽心照顾。电视台都报道过他的事迹。半年前，他老婆死了，大家都在张罗着帮他找对象。五中的校长说这样的男人，心善，在而今是太难得了。瑶琴的妈当时就说，像她家的瑶琴，忠诚又痴情，爱一个人就爱到底，也是难得的。旁的校长们就都说，要是把瑶琴介绍给陈老师，真可以说是绝配。这一说，大家都觉得合适。瑶琴的妈说，那个陈老师没有孩子。刚满四十二岁，大你四岁，年龄也相当。五中的校长吃完饭，回去就找了他。陈老师觉得瑶琴的条件很合适，表示愿意见面。现在就看瑶琴的了。

瑶琴的心怦怦地跳了起来：虽说心里已经开了缝，可来真格的时，眼里又满是杨景国的影子在晃。那影子不管不顾地挤压着她，顺着她的毛孔往她身体内直钻，瞬间就进入她的心里，把那里所有的空间全部占满，就连那条打开的缝，也再次被堵了起来。瑶琴说，妈，算了吧，我不想找人。瑶琴的妈急了，说上回不是想通了吗？你这年龄也不好找人了。人家陈老师也是大学毕业生，一表人才。没准就是老天安排他来替代景国的呢。

瑶琴坐在椅上不出声。她觉得这个人各方面条件是还不错，比以往人们向她推出的都要强，可是她心里还是抗拒着。瑶琴说我没有准备，我不想。他有过老婆。他伺候她近十年没有怨言。他一定很爱她。我不想插进去。我不可能找这样的人。他不可能替代景国。瑶琴有些语无伦次。

瑶琴的妈不悦了，嘀嘀咕咕地指责着瑶琴，说得激动时还站起来。瑶琴听不清她说些什么。她自顾自地在心里对站在那里的杨景国说，你想让我去跟那个男人吗？瑶琴妈说了半天，见瑶琴神情恍惚，终于不嘀咕了。她长叹一口气说，我白忙了一场，还以为这个人你肯定会同意哩。我想景国是车祸死的，他的老婆也是因为车祸受的伤，你们俩肯定会心息相通的。瑶琴怔了怔，说，他的老婆也是车祸？瑶琴的妈说，是呀，车祸过后就瘫痪了，光会吃喝屙。不能动也不会说话。你说，他受的是什么罪？比你还苦。他真是应该找个好人，舒服地过过日子呀。

瑶琴想起杨景国车祸时的场面。同时也想起摔在杨景国身边的那个女人。还想起了在她搂着杨景国痛哭的时候，一个男人抱着那女人惨烈地号着。瑶琴想到那残酷的场面，就轻声对她妈说了一句，好吧，那就见一面吧。

见面的地点是五中校长安排的：是在一个酒吧。酒吧的名字叫作"雕刻时光"。五中的校长说年轻人喜欢泡吧，那里面有情调。瑶琴的妈说他们两个已经不年轻了。五中的校长说，让他们谈恋爱，就是要他们再年轻一回。瑶琴的妈觉得五中的校长说得对。

瑶琴穿了一身连衣裙，裙子外套了一件白色的羊绒外套。瑶琴虽然不是特别情愿这次的见面，可她还是精心地打扮了自己。瑶琴没有化妆，但她在见面前去美容店洗了面。洗面时，修了眉毛和指甲。所以，瑶琴虽然素面朝天，可是看上去仍然显得光彩照人。

瑶琴随着母亲的身后走进"雕刻时光"。五中的校长和她身边的那个男人都情不自禁地站了起来。瑶琴看着酒吧的名字一直在想，时光是可以雕刻的吗？如果可以雕刻，那又是用什么来雕刻呢？是用我们自己有起伏有曲折的人生吗？想着时，就听到五中的校长惊叹道，想不到瑶琴这么年轻啊，看上去好像三十岁还不到哩。又听到瑶琴的妈说，是呀，我家瑶琴从小就长得漂亮，从来就不显年龄。

五中的校长和瑶琴的妈寒暄了几句后，就说他们不习惯酒吧，要到马路对面去喝茶，叫瑶琴和陈老师自己在这里聊。说着也不等瑶琴和那个陈老师同意，就自顾自地走了。

酒吧里正放着伤感的音乐。酒吧有时候就是让人来伤感的。伤感一阵后，喧嚣的心就会静一阵子。瑶琴被酒吧的音乐包围着。音乐渗进瑶琴的心里，就像海水渗进有裂缝的船舱里一样，一点一点地上升。一曲未了，瑶琴就被这伤感呛着了鼻子。倦意也由此而起，越来越浓。她坐了下来，低着头，不看坐在她对面的陈老师，也不说话，脸上的表情怏怏的，所有的不情愿都摆在了上面。瑶琴始终都没有看清对面的这位陈老师是什么样的。她的印象里只留有他跟五中校长和瑶琴的妈说话的声音。那声音很细，细得像是用完了的牙膏被人硬挤着。这是和杨景国完全不同的声音。杨景国的声音浑厚而温柔。一开口，就会让瑶琴激动。杨景国的卡拉OK唱得好极了。而对面的这个陌生的陈老师却是那样细声细气，听起来就不舒服。瑶琴多想了一会儿，就觉得乏味透了，可是她又不知道应该用怎样的方式离开这里。于是就这么干坐着。

对面的细声音终于先开了口。他说我叫陈福民。瑶琴微微地点了一下头。他又说，我不知道你这么年轻漂亮。如果我先知道这个，我就不会有勇气来见面了。瑶琴勉强地笑了笑。他又说，如果你觉得我不理想，也没关系。如果你现在就想离开，那就离开。我不会介意的。这样的事是需要缘分的。强求对谁都不好。

瑶琴突然就觉得这个细细的声音不是她想象中的那么讨厌。她抬起了头，望着他笑了一笑说，谢谢你。然后她就站起来，离开了座位。走了几步，瑶琴觉得自己似乎太没礼貌，便又回过头来，朝他示意了一下。瑶琴再转身时，脑子里恍惚就有了这个人的印象。他的面色很苍白,人很瘦,头发长长的。他的眼睛很大,里面装满着惊愕。瑶琴想,哦,这个人叫陈福民。

瑶琴走出了酒吧,长吐了一口气。街上的阳光很明亮,街景也很艳丽。广告的小旗子在风中哗啦啦地响着。来来往往的男女们脸上都挂着笑。还有人隔着街高声说话。精品店里的音乐从花招各式的门中窜出,一派嘹亮地唱着,把一条街都唱通了。

世界真的是好灿烂。瑶琴站在路边想过马路。流水一样的车,一辆接着一辆。瑶琴无法通过,就站在那里看车,也看整个的街景。看着看着,瑶琴就觉出了自己的孤独。孤独很深,深在骨头里。那里面空空荡荡,叫喊一声就会有回音。回音会撞击得骨头疼。这痛楚瞬间就能辐射到全身。

瑶琴觉得自己好累呀,她情不自禁地倚在路边的电线杆上。有人对她说话,你还好吧。声音细细的。瑶琴听出这是陈福民。瑶琴说,我没事,我要过马路搭车。陈福民说,我也是。瑶琴就没话讲了。她只是望着马路上一辆接着一辆的车,眼睛一眨也不眨。她的脖子有些僵。陈福民说,这里的车总是很多,前面有座天桥,从那里走安全些。瑶琴望了他一眼。陈福民说,我带你走过去。

瑶琴不知不觉地就跟着他一起走了。天桥就在前面十几米远的地方。两人一路无语,上了天桥,陈福民才说,我要是骑自行车走近路,几分钟就到了。可是,自从出过车祸后,我就再也不敢骑车了。瑶琴心里咯噔了一下说,我也是。陈福民说,所以还是小心一点好。有天桥的地方就尽量过天桥,不要为了抢时间去横穿马路。时间是抢不完的。瑶琴说,是呀,我也是这样想的。

对面有几个孩子冲跑过来,瑶琴让了一下,肩头不觉碰着了陈福民的胳膊。一股男人的气息扑到瑶琴脸上。瑶琴已经好久没有这么近距离地跟一个男人在一起走路或是说话了。她心里不觉跳动得有些厉害。

下了桥,瑶琴的车站先到。陈福民说,能不能留个电话给我?瑶琴犹豫了一下,还是点了头。瑶琴想送牛奶的送饮用水的送煤气的都有她的电话,给他一个又算什么。瑶琴在陈福民掏出的笔记本上写下了自己的电话号码。等瑶琴写完,陈福民在一页空白纸上也写下了一个他的电话。陈福民撕下那张纸,递给瑶琴,说,这是我的电话。瑶琴并不想要他的电话,可是他已经递了上来,也不好意思推掉,就只好接了过来。瑶琴看到上面不光有办公室和家里的电话,就连手机号码也写在了上面。

瑶琴的车哐哐当当地过来了,瑶琴客气地同陈福民说了声再见,就上了车。陈福民一直站在车站望着瑶琴的车开走。车上的瑶琴见他呆站在那里的样子,突然觉得好熟悉好温暖。瑶琴想,他站在车站的姿势怎么这么像杨景国呢?

晚上洗澡时,瑶琴摸了一下裙子的口袋。她摸出了那张写着电话号码的纸条。脑子里浮出陈福民站在车站的样子和他细细的声音。瑶琴笑了笑,把纸条一揉,扔进了马桶里。纸团在马桶里漂浮着,瑶琴按了下马桶的按钮,哗的一下,就把它冲没了。瑶琴想,到此结束。

四

瑶琴的妈第二天把瑶琴叫到了家里,一边给她盛排骨汤一面痛骂了她一顿。瑶琴的爸也长吁短叹的。他们都认为是瑶琴的命不好,找到一个好男人,结果他死了。现在又遇上一个好男人,却又把他放过去了。瑶琴的爸说,这个陈老师比杨景国更适合做丈夫哩。对家庭那么负责,对老婆那么好,到哪里去找,到哪里去找哇。瑶琴不作声,随他们去说。

新闻播完了。瑶琴的妈要看电视连续剧。电视里正热播《情深深雨蒙蒙》。瑶琴的妈每回看时手上都捏着条手绢。里面的人一掉泪,她的眼泪就跟着稀里哗啦往下流。看时还说,要是年轻几十岁,一定要去谈一场惊心动魄死去活来的恋爱。说得瑶琴的爸只朝她翻白眼,牢骚她退休退成了弱智。

瑶琴从来不看爱情片。对她妈那番发自肺腑的话也觉得可笑。瑶琴想这样的爱情故事,她和杨景国已经演过了。惊心了,却也散了魂。死去了,却没有活过来。还有什么好演的。做个看客倒也罢了,可真轮到自己,那会是有意思的事吗?痛都痛不过来。有了这份痛,她这辈子再也不想要爱情这东西。

不要爱情的瑶琴在母亲看爱情剧时,便悄然离去。

瑶琴走到家门口时,天已经黑透。街上的灯光落在她门栋前的空地上。月色也溶在其中,有点亮亮的感觉。门栋前有一个小小的花坛。红色的月季花正开着。有人坐在花坛边。只一个人,加上一粒火星。吐出的烟雾在他的脸面游动着。烟雾后的那个人因了这一粒火星就显得有些孤寂。瑶琴从他的面前走了过去。那个人站了起来,细细地问了一声,是瑶琴吗?

瑶琴听出这是陈福民的声音。她有些讶异,心也突突地跳起来。陈福民见瑶琴的神色,有些不好意思。陈福民说他是从老校长那里要了她的住址。他不知道为什么,就是想见见瑶琴。虽然他只见过瑶琴一面,可是心里总是有一种亲近感。跟别人一直没这种感觉。陈福民说着又解释,前一阵老有人给他介绍对象,他心里总是别别扭扭的。可这回，瑶琴没有给他任何别扭的感觉，反而让他感到激动。他不知道这份激动为何而来，他就是想再见见瑶琴。瑶琴一直没有说话，而陈福民则一直说着。

宿舍里有人从他们身边走过。都是一个厂里的人，都知道瑶琴的故事。见瑶琴跟一个男人谈着什么，忍不住就会多看几眼。瑶琴架不住这些眼光，就打断了陈福民的话。瑶琴说，上我家去吧。

陈福民立即闭上了嘴，跟在瑶琴的身后，进了瑶琴的家门。

陈福民一进瑶琴的家，眼睛就亮了。亮过后，又黯然起来：瑶琴因为一个人生活，家境也不错，客厅里布置得漂漂亮亮，门窗桌椅都一尘不染。陈福民想，如果能生活在这样的环境中，该是多么舒服哇。想着，他在瑶琴的示意下坐在沙发上时，情不自禁地叹了一口气。

瑶琴说，为什么叹气呢？我家里不好吗？陈福民说怎么会？我叹气是想到我那里。跟你这儿比，一个是天堂，一个是地狱。瑶琴说，太夸张了吧。陈福民说，这么说好像是夸张了一点，换一个说法吧：你这里是花园，我那里是个垃圾站。瑶琴说，还是夸张。你们知识分子最喜欢夸张。陈福民说你不信？哪天你去看看就晓得了。瑶琴没作声，心道我上你那儿看什么看。

两人一时无话。瑶琴只好打开电视。电视里正播着《同一首歌》的演唱会。老牌的歌星张行正唱着一支老歌。走过春天，走过自己。陈福民听了就跟着张行的旋律吹起了口哨。他的口哨吹得很好，委委婉婉的。张行把他的那支歌唱得很热闹，满场都是声音。可是坐在瑶琴沙发上的陈福民却将那支歌吹得好是单调，单调得充满忧伤。瑶琴静静地听他吹，倒没有听电视里的张行唱。瑶琴想，我怎么啦？我竟然留他在家里坐？还听他吹口哨？

一直到这支歌完，瑶琴才说，想不到你还有这一手。陈福民说，我就只有这一手。而且这支歌吹得最好，刚好给了我一个机会亮出来了。瑶琴笑了笑，说，这么巧。陈福民说，是呀，有时候这世上经常会有些事巧得令人不敢相信。瑶琴说，是吗？反正我没遇到过。陈福民笑了，说其实我也没有遇到过，书上喜欢这么说，我就照着它的说。瑶琴说，我读的书很少。所以就当了工人。陈福民说，其实读多了书和读少了书也没什么差别，就看自己怎么过。瑶琴说，怎么会没差别，如果我上了大学，我就不会下岗。陈福民说，我读了大学，也没有下岗，可我的日子不也是过得一团糟？所以我说怎么过全在自己。文化其实决定不了什么。瑶琴觉得他的话没什么道理，可是想不出有道理的话来驳他。杨景国一直对瑶琴说，一个人读不读大学是完全不同的，像他这样的农村孩子，只有上大学才能彻底改变自己的命运。瑶琴刚想把杨景国的话说出来，可是一转念，她又想他改变了命运又怎么样呢？人却死掉了。如果还在乡下，却肯定还活着。瑶琴想完后，觉得这也不太对。如果在乡下那样活着，什么世面也没见过，岂不是跟没活过一样？还不如早死了好。所以还是要改变命运。这么颠来倒去地想了几遭，瑶琴自己就有些糊涂了，不知道究竟是上大学改变命运好还是不改变命运好。

陈福民见瑶琴在那里呆想，神情也有些恍惚，以为瑶琴不高兴了。他想自己的行为可能有些过分。事情得慢慢来，不能让瑶琴一开始就烦他，一下子走得太近反而不好。想过后，陈福民便站起了身，有些愧疚地说，不好意思，这么唐突地跑到你这里来。其实我就是太寂寞了，想找一个人说说话。跟别人说不到一起去，可是见了你，总觉得有一种亲近感，也许是你我的命运太相同了的缘故吧。陈福民说着便往大门走去。

瑶琴也站了起来。瑶琴觉得陈福民虽然还是那副细嗓子，可是话说得却十分诚恳，心里有些感动，也有些温暖。瑶琴想自己其实也是很寂寞很想找个人说说话的。陈福民也还不讨厌。何况他的口哨吹得那么好听。家里有了这样的声音，一下子就有了情调。

瑶琴跟在陈福民身后，送他到门口。她没有留他多坐一会儿的意思。陈福民正欲开门，突然又转过身来，说，我给你打电话，你不会嫌烦吧？瑶琴是紧跟在陈福民身后的，当他转过身来时，两人一下子变成了面对面，而且很近，瑶琴已经感觉到了他的鼻息。这鼻息散发着一股浓烈的男人气息，瑶琴有些晕。她几乎没有听清陈福民说了些什么。

陈福民也没有料到自己转过身来会这样近距离地面对瑶琴。女人身体的芬芳一下子袭击了他。他激动得不能自制，情不自禁地一把就拥住了瑶琴。瑶琴慌乱地挣扎了几下。可是她很快就陶醉在这拥抱中。瑶琴全身心都软了下来。她把头埋在了陈福民胸前。陈福民欣喜若狂。他把瑶琴搂得紧紧的。他的手不停地抚摸着她的头和肩。他的脸颊紧贴着瑶琴的脸颊。他浑身都颤抖着。瑶琴也是一样。两个人也不知道拥抱了多久。陈福民终于寻找到了瑶琴的嘴唇。瑶琴的唇像炭一样通红而滚烫。陈福民一触到它，全身就燃烧了起来。

瑶琴在那一刻明白了一个问题。她可能不再需要爱情，可是她还需要别的东西。那东西一直潜伏在她的身体里，不是由她控制的。那就是她的情欲。这头野兽关押了十年，潜伏了十年，现在它要发威了。瑶琴想,由你去吧。让你自由吧。

陈福民离开瑶琴家时已是夜里十二点了。陈福民明天有课,他必须赶回去学校。陈福民说,我还能再来吗?瑶琴反问了他一句,你说呢?

陈福民明白了瑶琴的意思。

五

这天是阴天。天色暗暗的,看上去要下雨了。瑶琴想起昨天和陈福民在床上的事,心里好内疚,又好委屈。于是尽管天气不好,她还是早早地上了东郊的松山。这天不是上坟的时日,但瑶琴还是带了花。走到山下,瑶琴又在小店里买了一把香。香点着时,天开始下起了小雨。瑶琴有伞,她担心那几炷燃着的香会被雨水浇湿,便蹲下身子,撑着伞护着它们。青烟在伞下萦绕着。雨水把瑶琴的背上全都打湿了。

一直到燃着的香全都成了灰,瑶琴才说,景国,我好寂寞。他叫陈福民。你觉得我跟他来往行吗?你要有话,就托个梦给我。我全听你的。

瑶琴还没到家就开始连连地打喷嚏。回到家里,她赶紧给自己煮了碗姜汤。瑶琴知道她现在是生不起病的。有的医院很黑,即使是小病,到了医院也至少得花上半个月的工资。她不想把她的钱都变成医生们的奖金。喝过姜汤,瑶琴就盖着被子躺在了床上。虽然只是小憩,但她却做了梦。瑶琴梦见杨景国在一团水雾中冲着她笑。他的笑容十分灿烂。瑶琴很高兴,大声地叫着他。结果就醒了。瑶琴想,这么说杨景国是很赞成她跟陈福民在一起了?

雨到了傍晚，下得更大了。雨点子砸在窗子上，更有一种空寂。瑶琴躺在床上，懒得起来。反正起来也是一个人，躺着也是一个人。整个下午没有动，也不会觉得太饿。不如就这样躺着吧。床上的瑶琴毫无睡意，可也不想起来，便睁着眼睛四下里看。窗外的亮色渐次地灰了下去。在灰得近于黑色时，瞬间又增加了一层亮，那是带点橘红色的光亮。瑶琴知道，这是路灯开了。

这时候竟然有人敲响了她家的门。瑶琴有些惊异，因为她的家门在路灯亮过之后许多年里都无人敲响。瑶琴说，谁呀。外面的声音说，是我。声音是细细的，瑶琴听出了那是陈福民。瑶琴犹豫了一下，想说已经睡下了，可忽然间又想起杨景国灿烂的笑容，就说，稍等一下。瑶琴以极快的速度从柜子里抽出她的一件大V领的羊毛衫。她把羊毛衫空穿在身上，又跑到卫生间将头发随意地绾成了一个发髻，前面的头发短一点，绾不进去，落在了鬓前，倒也另有一番味道。洗脸化妆已经来不及了，她便只用湿毛巾将脸润了一下，抹了点保湿的油。这时她才去开门。

陈福民一只手拎了一堆菜，一只手拿着一把伞。他进了门先放伞，放好伞方说，不好意思，又是突然袭击。我看今天下雨，觉得你一定不会出门。又想你如果不出门，吃什么呢？这一想，就跑来了。瑶琴说，其实我出了门的。陈福民看了看手上的菜说，看来我猜错了。瑶琴说，也不算太错。我出了门，可是没有买菜。陈福民高兴起来，说太好了。瑶琴说但是我已经睡觉了。陈福民就有些诧异了，说怎么现在就睡呢？瑶琴说我常常吃过中饭就睡觉，一直睡到第二天。陈福民说，这样的睡法还头一回听说。不晓得这是富人的睡法还是穷人的睡法。瑶琴说，是闲人的睡法。陈福民说，不管是什么人的睡法，总归一般人享受不到。瑶琴还想说什么。陈福民阻止了她。陈福民说，还有，不管是什么样的享受，总归也没有吃饭。瑶琴这时笑了，说的确没有。陈福民说，这又给了我露一手的机会。陈福民说话间便进到厨房。他把菜拿到案板上，对瑶琴说，你去看看电视吧，一小时内就有饭吃了。

瑶琴默然几秒钟，听从了他的话。瑶琴打开了电视，脱了鞋，两腿一曲，蜷坐在了沙发上。陈福民从厨房里扭头看了看她，然后说，对了，这样最好。这是我最向往的一种家庭景致。世界上什么最美？就是生活中这种随意和安宁最美。这种美丽中有一种温暖和平静。这是我最欣赏的境界。瑶琴对陈福民的话有些感动，但她没说什么。

陈福民的厨艺十分不错。他一下就弄出了三菜一汤。荤素和色彩搭配得都很好，味道也很对瑶琴的胃口。陈福民说怎么样？喜欢吃吗？瑶琴说很好哇，好久没有吃到这样的家常菜了。你怎么练出的这一手？陈福民脸上暗了一下，但还是朗朗地说了。陈福民说，十年了嘛，一个博士也读出来了。瑶琴看到了他在瞬间的暗色。瑶琴说，你过得很苦？陈福民笑笑说，也没什么。深刻地苦过一场后，对舒服的生活就会有更深切的幸福感，而且会将所有的日常生活当成一种享受。瑶琴说是吗？我体会不到这些。

吃过饭，陈福民抢着把碗洗了。瑶琴觉得他忙完这一切后，又会像昨天一样坐下来说话，或是趁机跟她亲热一番。瑶琴一预测到这一点，莫名地就生出排斥感。她看着陈福民揩着手，心里编排着如何拒绝陈福民。瑶琴想，你这么做，不就是想要这个吗？

151

陈福民关上厨房的灯后，走到客厅里，却没有坐下。他脸上露出一点愧疚，说，瑶琴，我得马上赶回家。今天学生测验的卷子，我得连夜改出来，明天得发下去。我明天再来，好不好？我做的菜好像满对你的口味，明天还是我来给你做晚餐，好不好？

陈福民的话完全在瑶琴的预测之外。瑶琴想好的话一句都没有用。临时又想不起别的，瑶琴只好说，好吧。明天你别带菜，我买回来。陈福民说，那也好。我这就可以早点来。陈福民说着就开门出去。瑶琴依然跟在他的身后。这回他在开门时没有转身。他一直走到了门外，才回身对门内的瑶琴一笑，说，瑶琴，做个好梦。然后就下楼。然后就消失在楼道拐弯处。然后就连脚步的声音都没有了。

瑶琴一直倚在门口，看着人影消失，听着脚步远去。她心里有一点点怅然。

六

瑶琴就这样与陈福民开始了恋爱。

陈福民几乎每天都到瑶琴那里去。他们的生活很单调：瑶琴负责买菜，陈福民去了就下厨。吃饭时，陈福民喜欢喝点啤酒。瑶琴每回就为他备上几瓶。饭后洗碗开始是陈福民，但交往久了，瑶琴不好意思，抢着自己洗碗。抢了一回后，碗就由瑶琴洗了。然后他们坐在一起看电视。陈福民喜欢看体育节目，瑶琴也就随着他看。瑶琴对电视节目要求不高，她只要里面有人说话有人在动着，就行了。这也是她一个人生活时养成的毛病。电视是看不完的，所以，常常陈福民看不多久就眼巴巴地望着瑶琴。瑶琴明白他的意思，他想要上床了。瑶琴自己也想。于是两人就上床。到了十点半，陈福民必须得爬起来，他要赶末班车回学校。因为瑶琴的家离陈福民的学校太远，陈福民担心早上赶不及会迟到。陈福民说当教师的迟到，就跟工厂出事故是一样的。瑶琴知道出事故的后果，所以，也不敢留他过长夜。就是星期六，陈福民也得赶回去。陈福民教的是毕业班。毕业班就意味着没有休息时间，无论老师还是学生。

有几回天气凉爽舒服，陈福民想要拉瑶琴一起到江边散步，瑶琴却不愿意，说是怕熟人看到。陈福民说迟早不都会让人看到的？瑶琴说能迟就迟一点。陈福民对这件事多少有些不悦。陈福民说，你是不是觉得我有些拿不出手？瑶琴笑笑道，哪里呀。瑶琴不肯出门，陈福民也没有办法。陈福民觉得在这一点上他没法理解瑶琴。陈福民想人生应该有一点情调，要不回忆起来都没什么趣味。

有一天陈福民开会，打电话说不能到瑶琴家。瑶琴不知怎么听罢竟是觉得心头一松。这天她没做晚饭，只是削了个苹果，喝了一杯酸奶。无油无盐的晚餐曾经让她心烦意乱，这一刻吃起来竟是有了一种怀旧的感觉。其实从陈福民第一天拎着菜走进她家开始，满打满算也不足三个月。

没有人打扰的黄昏，竟是另有味道。瑶琴想这是给我的杨景国留的呀。想着她便套了双休闲鞋，独自踱到了江边。瑶琴想真的是好久没来这里走走了：江边有一块石头，以前瑶琴和杨景国每回散步到这里，杨景国总是说别把自己走得太累，坐一会儿。说时还把自己的手绢垫在石头上，让瑶琴好坐。

现在瑶琴也走到了这里，她刚想坐下，可是突然发现没有手绢。这块石头上没有杨景国的手绢又怎么能坐呢？十年过去了，石头的样子一点也没有变，可是杨景国和他的手绢却永远不会再出现了。瑶琴想想就又伤感起来。

天上的星星疏疏朗朗的。江水和夜色一起无声地向下流着。沿江的小路经过修整，变得整洁干净起来。路边种了花。花在路灯下开放着，色泽与阳光下不同，从某一个角度看上去，还有一点点诡谲。瑶琴想起陈福民想要与她出来散步的话。瑶琴想，我怎么会跟你到这里来散步呢？这是我和杨景国的路哩。我带你来走了，杨景国怎么办？亏你想得出来。瑶琴想时，心里竟是有些愤愤的。

回到家，瑶琴便睡了。睡前她以为她会有梦的，结果却没有。在梦里瑶琴有些怅惘。瑶琴站在水雾弥漫的河边，大声说，你怎么不来呢？

陈福民放暑假了，拖着瑶琴一起到庐山玩了一趟。陈福民去过庐山，他本来想去黄山的，可是瑶琴却不肯去黄山。黄山是她和杨景国一起去过的地方。瑶琴想去张家界。但陈福民不肯去。陈福民没说原因，瑶琴也没问。因为瑶琴想陈福民多半是跟他老婆一起去过那里。最后他们决定去庐山。瑶琴和陈福民住在一幢老别墅中。服务员告诉他们这幢老别墅以前是汪精卫的。陈福民私下便笑道，怎么住进了汉奸的家里呢？

庐山是一个最方便谈恋爱的地方。山谷到了晚上，静静的，只听得到流水和风声。陈福民胆子很大，拖着瑶琴从东谷到西谷地乱串。陈福民喜欢看山谷里老别墅老式的回廊和方格窗。山里树多，蚊虫也多。陈福民不喜欢在有蚊虫的地方多站，可是他又特别想在露天下热吻瑶琴。所以，常常都是走到了一座桥上，或是在马路明亮的灯下，陈福民会突然袭击，一把抱住瑶琴，不管不顾地就吻起来。陈福民满身都是热情,但瑶琴却不。瑶琴觉得自己已经过了有热情的时代。瑶琴心如止水地过了十年。她想要让心激荡起来不是一件很容易的事。瑶琴甚至不明白陈福民的这份热情从何而来。瑶琴想,难道他没有死过老婆吗?如果死过,他怎么还能这样快乐?他在快乐时就不会想到死去的爱人?他心里难道一点阴影都没有?瑶琴的疑问有许多。她总想问问,但始终没有问。她把想的这些压在心里。压得多了,便渐渐地浓缩起来,浓缩久了,有了些硬度。不知不觉间,就成了石头一样的东西。陈福民天天抚摸着瑶琴,却从来也没有抚摸到压在瑶琴心头上的这块石头。

住在老旧的房子里,瑶琴有时会夜半醒来。醒来后就睡不着,听着山谷里婉转而来的水声和风声,感受着耳边陈福民的气息,瑶琴蓦然间就会有两行清泪流淌出来。她知道这是为什么。因为睡在她身边的这个人,每天搂着她吻她抚摸她的这个人,夜夜把鼻息吹得她满脸的这个人,并不是她最想要的。而她想要的人却永远不会再出现了。一切都是命中注定。她在有点潮湿的床上辗转反侧,全身难以安宁。她已经没有力气与这个注定的命运抗争了。杨景国今生今世都不会再来。她想不认命也是不行的。只是,瑶琴想,认命竟也不是件轻松的事啊。

从庐山回来,陈福民也闲下了。他索性就住在了瑶琴家里。瑶琴的妈看不惯他们就这样住在一起。瑶琴的父亲也觉得没道德的事是年轻人做的,你们两个快中年的人了,怎么也这样没规没矩?于是瑶琴的妈和瑶琴的爸联合起来,坚决要求瑶琴和陈福民去领结婚证。陈福民说我无所谓,就看瑶琴的意思。瑶琴却犹豫。瑶琴不知道自己在犹豫些什么。她觉得按理是应该领结婚证了，可是每一想到真的要这样，她的心就又抖得厉害。结婚证本来是她和杨景国一起去领的，怎么能轻易地变成这个叫陈福民的人呢？

瑶琴的妈和瑶琴的爸好言好语说过后，见瑶琴不听，便有些不悦。说是你们不要脸，我们做你爹妈的人还要脸哩。话说得有些难听。瑶琴也不高兴了。瑶琴的妈就说，如果你不想听更难听的话，你就赶紧把结婚证拿了。拿了证，合了法，你什么时候办酒席我们都不管。

瑶琴问陈福民，你到底怎么想？陈福民说，我真的无所谓。我完全尊重你的意见。你我俩人，有了爱情，也不在乎什么证不证的。瑶琴说，我们两个有爱情吗？陈福民反问了一句：难道你觉得没有吗？瑶琴没有作声。瑶琴想，我要是跟你有爱情，那我的杨景国往哪放？陈福民见她没有回答，又说，没有爱情，你又留我在你这里干什么？

瑶琴眼睛望着窗外，还是没有回答。瑶琴想，我不需要爱情。我留你，是我需要一个伴。我需要人帮忙。要不，我要你？我有杨景国就足够了。陈福民得不到回答，满脸不快，说，也可能你不需要爱情，但是我需要。说完就走了。瑶琴听到他关门的声音，又听到他脚步咚咚地下楼。

门声和脚步声都生着气。这生气的音响让瑶琴一夜没有睡着。

第二天瑶琴便又去了东郊的松山上。杨景国的墓还是老样子。与许多别人的混在一起，并不很孤独。瑶琴默然地蹲下来，望着墓上那些熟悉得不能再熟悉的字，和周边熟悉得不能再熟悉的草木，心里说，你说呢？我要不要去拿？瑶琴的腿蹲酸了，她站起来，满山排列齐整的墓碑和小路上疯长的青草都在眼皮底下，瑶琴长吐了一口气，细细地把杨景国的墓边杂草清理了一遍。心想，就这样吧。

七

瑶琴和陈福民决定国庆节前就办证。然后利用国庆的长假度蜜月。瑶琴的妈一听这消息，脸上立即就开了花似的笑起来。虽然女儿大了，可毕竟女儿是初嫁。而且经历了这么多年的孤独和痛苦，也算是有了一个归宿。她必须好好办一场酒席。酒席钱本该由陈福民出的，陈福民说如果要重新装过房子，再添上些新家具，他再也拿不出那么多钱来。瑶琴的妈也就挥挥手表示算了。这钱由她自己来出。

九月开学了。陈福民开始上高一的课。跟高三的时候比，要轻松很多。陈福民当作好消息一样告诉瑶琴，说他起码在星期五和星期六的晚上，可以跟瑶琴在一起。瑶琴却并无惊喜感，只表示随他的便。

开学第一天，天色已经很晚了，陈福民却没有来。瑶琴在等的时候，把菜洗好了，陈福民还没有回。瑶琴只好又煮上了饭，饭也熟了，陈福民依然未到。瑶琴有些饿，可是她不想自己炒菜。因为陈福民做的菜比她做的好吃，再加上她刚洗过头，她担心炒菜的油烟会熏了头发。瑶琴耐下性子，闷坐在沙发上。

天已经黑透了，有人敲门。瑶琴想你总算来了。瑶琴冲到门口，猛然拉开门，刚想牢骚一句，可是门口站着的人却让她发了呆。这是新容。

瑶琴呆了一会儿，方说，怎么是你。新容说，怎么不是我？

你在等别人？是不是张三勇？瑶琴怔了怔说，张三勇？张三勇怎么会来找我？新容哦了一声。瑶琴说你找我有事？新容说，是呀，你让我到屋里说吧。瑶琴一百个不情愿地让新容进屋坐下，她浑身不安，生怕陈福民回来会叫新容撞见。

新容说，好久不见了，我怕你不高兴，我不敢来。瑶琴说，我有什么不高兴？下岗了，不上班了，也不用累，在家养着，一样过日子。新容说，你别这么说嘛。瑶琴说，你不是说你这回肯定会下岗的吗？新容说，原先是有我的，可我妈……她有一天突然发现我表舅跟厂长以前是同学，就托了表舅……当然，也送了些钱……瑶琴说，原来是这样啊。瑶琴的话里就多了一点鄙夷。新容说，瑶琴，你别这样，你知道我爸瘫在床上，这也是没办法呀。我告诉你是因为你是我的好朋友哇。新容露着一脸可怜巴巴的神情，瑶琴心软了，暗道是呀，我是新容的好朋友呢。杨景国刚死的时候，新容一直陪着她，照顾她，为她流的眼泪也不老少了。她下岗了，新容没下，她怎么能对新容不满意呢。这么想过，瑶琴的脸色展开了。瑶琴说，是我太小气了，新容你别怪我。新容脸上浮出了笑意，新容说，我怎么会怪你呢我怎么会怪你呢？

瑶琴面对着新容，心里终于回到了以前两人相对而坐的状态。瑶琴扯了扯新容的裙子说，你这条裙子真不错，难得现在你会买东西了。新容说是呀，大家都说好看哩。你晓得我是怎么买的吗？有一天我在街上跟张三勇碰到了，就站在精品店门口说话。说着说着，张三勇指着模特儿身上的裙子说，这种颜色和款式的裙子瑶琴最喜欢了。我当时身上没钱，第二天就跑去买了。张三勇说得真没错哩。瑶琴听新容喋喋的声音，恍然忆起她最初的男朋友张三勇：瑶琴说，张三勇现在过得怎么样？他的小孩已经上学了吧？新容说小学二年级了。不过，他现在已经……离了。瑶琴有些惊异。说是吗？新容说，小孩子判给了女方。那女人真不是东西，下岗后，开了个小店，就跟隔壁一家开店的人好上了。张三勇最怕当乌龟，结果还是当了个乌龟。气得他砸了两个店，打趴了那个男人，一个月就办下了离婚。瑶琴"啊"了一声。她脑子里立即浮出张三勇砸店打人时的姿势。心想，他还是老样子呀。

新容望着瑶琴，仿佛在等她说点什么。瑶琴却没有说。新容脸上显示出一点点失望。新容说，你一点都不想晓得他现在怎么过的？瑶琴说，我晓不晓得又有什么关系。新容说，可张三勇还是很关心你呀。瑶琴说，他关不关心我也没有什么用。新容说，张三勇他想来看你。新容说完有点像做亏心事一样，小心地望了望瑶琴，又慌忙将自己的目光避开。瑶琴有几分讶异。瑶琴说，你今天突然来，就是来看看我吗？新容低下了头。新容说，是张三勇。他天天求我来找你，他想跟你重新好。不知你可不可以。

一幅被瑶琴复制过很多次很多次的画面立即展示在瑶琴的眼前，张三勇的拳头打在杨景国的脸上，杨景国的眼镜碎了，眼角青了，血在脸上流出一道道的痕迹。瑶琴说，不可以，根本就不可以。他不想想他把景国打成了什么样子。瑶琴的声音有些激动，就仿佛张三勇的拳头昨天才打在杨景国脸上。

新容不作声了。她抬起头，把瑶琴的屋里环视了一遍，然后说，这里都变了，就你一点没变。可惜。瑶琴说，你说，可惜？新容说，你还想着杨景国？瑶琴用一副惊讶无比的语气说，难道我会不想吗？

新容站起来告辞。新容边朝房门走去边说,张三勇说如果你还在想着杨景国,就得赶紧到医院去看病。新容说完开门出去了。瑶琴没站起来,她似乎连新容的背影都没看清,就听见新容的关门声了。瑶琴想,看病?他们在背后怎么议论我?

瑶琴坐在沙发上呆想了半天,想得自己有点恹恹的。肚子也饿了,可陈福民还没有来。饭虽然早已煮好,可菜还没有炒。瑶琴吃趣全无,只想填饱肚子,她便泡了一碗方便面。

面还没吃完,瑶琴接到陈福民电话。陈福民的声音有些疙疙瘩瘩的不畅,像是一个没钱还债的人跟债主说情告饶似的。陈福民说他开学初比较忙,又说有几个学生让人烦,还说学校近期的会也比较多。最后方说可能会有一阵子不到瑶琴这边来了。瑶琴初听有点诧异,后又觉得这是很正常不过的事,便也没说什么。只是提醒他,抽个时间,在学校开好证明,两个人一起去把结婚证领下,免得到时来不及。陈福民答应了。答应后又笑说,你怎么现在比我还急了?其实晚几个月又有什么关系呢?瑶琴放下电话想,这话是什么意思?

八

瑶琴的妈天天唠叨瑶琴,要她好好筹备一下婚事。说是人生就这一回,要好好活过。该经历的事都得经历,否则活一场有什么劲?瑶琴说那有的人杀人放火吸毒嫖妓坐牢杀头,是不是每个人也都去经历一回?瑶琴的妈气得跌坐在床边,一时无话可说。

夜晚无人,屋里跟以前一样静了。瑶琴也在想结婚的事。瑶琴想,好无趣呀。虽然说陈福民这个人也还过得去,可是瑶琴就是无法让自己有兴致。但是,瑶琴想,妈妈说人生就这一回,要好好活过。可一个人的活过，哪里只是活在自己的命里？有多少部分已经放进了别人的命中？活在别人命中的那一部分如果不按别人的愿望来活，不好好地配合别人，别人的命也就活不好了。所以自己怎么个活法其实是由不得自己的。所以自己在为自己活的时候还要为别人活。所以每一个人的命都是由许多人的命组合而成，就像是一个股份公司，自己只不过是个大股东罢了。

这样想过，瑶琴就有了些轻松。她想这个婚她也不是单单为自己结，她是为她的股份公司而结。她的妈是她的股东，她的爸也是她的股东。陈福民是她的股东，新容也是她的股东。所有认识和关注她的人，都跟这个股份公司相关。既然如此，她这个董事长就得把公司的事做好才对。

第二天，瑶琴就上了街。她要为她的新家重新添置一些东西。她买了新毛毯，新的床单被套，也为自己买了几件结婚时应该穿的新衣。

瑶琴大包小包地拎着一堆东西上了公共汽车。车未到站，她便有些尿急，憋尿也憋得浑身难受。下了车，她连奔带跑地赶回家，打开门，拖鞋都没换，就冲进了卫生间。小便时，她突然觉得下身有痛感。这感觉令她很不舒服。出了厕所后，这不舒服便一直纠缠着她。瑶琴想，难道怀孕是这样的感觉吗？想过又想，自己都这样的年龄了，未必那么容易就怀孕？瑶琴心里有些忐忑。

晚上，陈福民打电话来，说过几句闲话后，瑶琴把自己这种不舒服的感觉告诉了他。陈福民那边无声了。瑶琴有些奇怪，说，你怎么不说话？陈福民半天才说，你最好明天去看看医生。瑶琴说，你觉得会得病？会是什么病？陈福民说，看看医生总归要好一些，心里也安全一些嘛。瑶琴说，那怎么说得出口？要看什么科呢？妇科？陈福民又停了半天才说，可能应该看外科，要不看泌尿科？瑶琴说，我一个人不想去。陈福民说，还是去吧，万一真是什么病，变严重了多不好？明天我有课，不能陪你。要不，我肯定陪你一起去。瑶琴想了想，说，好吧，我明天去。

放下电话，瑶琴觉得陈福民有些怪异，说话语气和其间的几次沉默都不像是他陈福民。瑶琴的心咚咚地跳了起来。瑶琴想，可千万别一到我要结婚就冒出一点事来呀。

次日一早，瑶琴便到医院了。不去不打紧，一去得知诊断结果她都蒙了。医生用一种十分肯定的语气对她说她得的是性病。医生的语气和望着她的目光都满含轻蔑。一个前来找医生开药的女士且说且笑，是下岗的吧？又说，现在有个民谣，说是下岗女工不流泪，挺胸走进夜总会，陪吃陪喝还陪睡……原先我还觉得真丢我们女人的脸，可是见得多了，也觉得没什么。瑶琴当场就一口气闷着自己，半天喘不出来。瑶琴再三解释说这绝对不可能。那些乱七八糟的场所，她这辈子从来都没有去过。医生的眼光变平和了，淡淡地说了一句，回家问问你丈夫吧，男人多半喜欢寻花问柳。

瑶琴的脑袋"嗡"了一下，她觉得她已经知道了问题所在。

瑶琴把电话打到了陈福民的办公室。这是瑶琴自认识陈福民以来第一次先给陈福民打电话。瑶琴甚至找不到这个电话号码。问了114又绕了好几个弯子，才找到陈福民。瑶琴第一句话就是：请你告诉我，我为什么会得性病。陈福民在电话那头一直不说话。瑶琴吼叫了起来。她的声音暴躁而尖锐，有如利刺一样，扎得陈福民半边脸都是痛的。陈福民把话筒拿到距耳朵半尺的地方。听到瑶琴那边叫得累了，陈福民说，你先回家，我下午过来。他说完，像扔火炭似的扔下了电话。

下午陈福民请了假，他进瑶琴的家时，瑶琴蜷缩着腿窝在沙发上。她的神情呆呆的，但似乎并没有哭过。陈福民试图坐在她的身边，瑶琴像避瘟疫一样躲了一下，陈福民只好换到一边。陈福民拿出一个信封，里面装着两千块钱。陈福民说，这钱算我付你的医药费，赶紧打针去。其实一千块钱就够了，另外一千是补偿你的。瑶琴紧盯着他，说什么意思？陈福民说我也没有想到。这病是我传给你的。瑶琴说你既然跟我在一起了，为什么还在外面胡搞？

陈福民闷了半天，才说，不是你说的那样。我不是那种人。我老婆病了九年多，活着跟死人差不多。我的日子再难过，可我是有老婆的人，我就从来没有想过到外面去拈花惹草。后来，我老婆死了。我的同学为了让我轻松一下，带我去桑拿，要我把身上的病气都蒸掉。我是头一回去那种地方。有个小姐替我按摩。她穿得很少，又勾引。我就失控了。当然，她要是不勾引我，像我这样经历的人，可能也会失控。

瑶琴说，就这么简单？陈福民说当然也不光是这些。那个小姐叫青枝。是个乡下女孩。我有些喜欢她了。其实也不一定就是喜欢，只是因为青枝是我近十年来第一个肌肤相亲过的女人，所以，我后来又去找过她。瑶琴说，认识了我以后，也去找过她？陈福民说，当然没有。因为我发现她把她的病传染给了我，所以我就再没有找她。我一直在治病，认识你时，已经治好了。瑶琴说，治好了？治好了怎么会传染给我？陈福民说，这中间青枝来找过我。她说她不想做了，可是老板不答应，派人盯着她，她偷跑了出来。她没地方去，希望能在我这儿待一夜，她哥哥第二天就来接她。我答应了。因为……因为……我不知道有几分喜欢她，还是可怜她。我不知道自己当时是怎么想的。这天晚上，我们又一起过了夜。她说她的病治好了，我大意了。结果，开学前，我又发现……瑶琴说，不用说了，你滚吧。我从来都没有认识过你。

陈福民怔了怔，没有动。瑶琴说，你不服气？陈福民说，不是，是不甘心。我们就这样完了？瑶琴说，你还想怎么样？你难道想我去登报申明？陈福民说，我以为你会理解。瑶琴说，我当然理解，可我理解了却不见得就会接受。陈福民说，我不想分手，我爱你。瑶琴说，你说这三个字让我觉得三条蛆从你嘴里爬出来。陈福民说，别说得这么毒。你找到我这样条件的，也不是那么容易。这样的事，以后绝不会再有了。你原谅我一次好不好？瑶琴说，你还不走，你再不走，小心我叫人了。陈福民说，别小孩子气了，你孤单单的一个人，哪里叫得到人来？

瑶琴立即对着沙发一侧的墙壁叫了起来，杨景国！杨景国！你还不出来？你出来呀！替我把这个人赶出去。你站在那里发什么呆？还不动手赶人？你连我的话都不听了？瑶琴的叫声怪异诡谲，令陈福民毛骨悚然。他赶紧站了起来，急速地跑到门边。陈福民连连说道，我走，我走。陈福民的动作紧张慌乱，仿佛真在被一个叫杨景国的人追赶着。

这天的夜晚，月色从窗外落在屋里的地上，和往日一样的淡然柔和。瑶琴在沙发蜷了一夜。瑶琴觉得，在沙发的一侧的墙壁上，杨景国始终站在那里看着她。

九

平静如同枯井的日子再次回来。瑶琴从中午一直睡到第二天早上的次数越来越多。瑶琴的妈骂过她好多回。瑶琴的爸也长叹过好多回。五中的校长也跑了几趟,想要做做调解。只是在他们面前的瑶琴,像一块木头一样。瑶琴的妈急得后来只会说一句话,你在想些什么呢?你想些什么呢?瑶琴想,我其实什么都没想哩。

转眼又到了杨景国的忌日。这天居然又下起了雨。瑶琴先上了山,她为杨景国点着了香,又放了几碟水果。瑶琴依然为燃着的香打着伞,冉冉升起的烟扑在瑶琴的脸上。瑶琴没有流泪。瑶琴想,有老天爷在替她流泪哩。

下山后,时间还早。瑶琴无事。她信步走到了当年的出事地点。路边的石头还在,只是血迹一点也没有了。瑶琴在石头边也点了一炷香。她想,等香燃完后,她应该去劳务市场看看。她如果决定自己一个人生活下去,她就应该去找一份工作。一份能让她自己养活自己的工作。

便是在瑶琴想着这些时,一个细细的声音,一个带着惊讶和疑问的声音响在了她的耳边。瑶琴?你是瑶琴?瑶琴扬起伞,她看到了陈福民。瑶琴说,你想干什么?陈福民看到那炷快要燃烧完了的香,惊道,那个……那个……当场死亡的男人,就是……杨景国?瑶琴望着陈福民,没有说话。她突然意识到了什么。陈福民说,摔在这里的,就是我的老婆呀,她满身都是血呀。他说着指了指石头的另一边。

绵绵的细雨。晃动的街景。汽车声。杨景国的叫声。被撞飞的自行车。翻在马路中间的雨伞。四溅着血迹的石头。倒在地上的男人和女人。脑浆。以及路人的尖叫和惊天的号哭。——涌出,宛然就在眼前。那是他们一生中多么伤痛的时刻。那个时刻怎样沉重地击碎了他们的生活。那种击碎也改变了许多人的命运。瑶琴突然失声痛哭了起来。曾经有过的痛彻心扉的感觉像绳索一样一圈一圈地勒紧着她。陈福民见瑶琴哭得无法自制,上前搂住了瑶琴。起先他还忍着自己,忍了一会儿,忍不下去了。十年的痛苦像要呕吐似的翻涌着。他也哭了起来。泪水浸入瑶琴的头发,又流到了瑶琴的面颊上,和瑶琴的眼泪混在了一起。

路过的人都回头看他们。路过的人都窃窃私语着。路过的人也有掩嘴而笑的。路过的人看不到鲜血的过去。路过的人永远都不会懂得别人的伤心之事。只因为他们是路过,而瑶琴和陈福民却是在那里有过定格。他们一生的最痛就是从那里开始。

回去时,陈福民和瑶琴一起搭的车。他们在同一地方下车,然后预备各自转车回家。下车时,陈福民和瑶琴几乎同时看到了那家"雕刻时光"酒吧。陈福民想起第一次见到瑶琴的情景。瑶琴也想起了那间酒吧里响起的细细的声音。陈福民说,要不,进去坐一会儿?瑶琴没有反对。陈福民便朝那里走去。瑶琴犹疑了一下,跟了过去。

伤感的音乐依然在酒吧的空中响着。细雨一样,湿透了瑶琴。陈福民给自己要了一杯酒,给瑶琴要了一杯橙汁。陈福民呷了一口酒,方说,你看,我们两个是不是太有缘分了?瑶琴想了想,觉得他说得是,便点了一下头。陈福民说,真想不到哇。我当时怎么一点你的印象都没有?瑶琴也说,是呀。我也只听到你在哭,一点不记得你的样子。

他们一直都没有提过彼此曾经有过的灾难。因为他们都怕往事引起再度摧残。现在那块石头让他们把泪流在了一起。他们两个人的心近了。望着对方的脸，知道自己的感受只有对方知道。自己不是一个人在这个世上痛着。于是心里都生出别样的温暖。他们好平静。于是他们开始细细地回忆起当时的情景。瑶琴说杨景国怎么断的气，后来他们怎么办的丧事。杨家的人怎么吵闹着非要埋在老家，而她又是怎么拼死拼活地把骨灰留在了这里。陈福民则说他是怎么拦下过路车送老婆进医院，又怎样在医院的走廊里度过的几天几夜，光抽烟不吃饭，一天抽了好几盒烟，以致他老婆被抢救活后，他闻到香烟就要作呕。

一杯酒喝完了，又要了一扎。一杯橙汁喝完了，也又要了一扎。瑶琴叹道，生命好脆弱呀，就那一下，只几分钟，一个活鲜鲜的人就没了。那么不堪一击。而杨景国这个人平常皮实得不得了，从来就没有见他生过病。

陈福民却苦笑了笑说，我倒是觉得生命好有韧性。人都已经废掉了，不会说话不会思考不会行动，却坚持着往下活。这九年的时间里，你猜让我感觉最深的事是什么？就是人之所以成为世界万物的统治者实在是太有道理了。因为人的生命太顽强了。

瑶琴用不敢相信的目光望着他。瑶琴想，脆弱而不堪一击的是杨景国吗？坚韧而顽强要活着的是他的妻子吗？

瑶琴轻叹道，说起来你比我强多了，你好歹伺候了她九年，把你所有的爱都付出去了。可是我呢？他根本就不顾我的感受，自顾自地这么走了。天天黏在一起的人，突然间就永远消失。那种痛苦你无法体会。

陈福民听到瑶琴的话，脸上露出异样的神情。瑶琴想问你怎么了。没等瑶琴开口，陈福民说，爱？你以为我后来还有爱？我不怕对你暴露我的真实想法。我到后来除了恨没有别的。我在道义上尽我的责任，可我的内心已经被仇恨塞得满满的。我几乎没有任何自己的生活。我每天凌晨起床，为她揩洗身体，然后清洗被她弄脏的床单和衣物，然后喂她牛奶，安排她吃药。来不及做完这一切，我就得去上课。途中在街边随便买点早餐打发自己。中午赶回来，像早上一样的程序旋转一遍，最后再坐下来吃自己从食堂里买回的饭菜。冬天的时候，饭菜早就冰凉，我连再去热一下的力气和时间都没有。晚上的事情更多。我每天都像台机器一样疯狂转动。所有的工资都变成了医药费，沉重的债务压得我喘不过气。家徒四壁，屋里永远散发着一股病人特有的臭气。我请不起保姆，她家里也没有人愿意帮助。偶然过来看看，看完就走，走前还说，只要人活着就好。对于他们活着是好，对于我呢？九年半哪，每一天的日子都如同一根钢针，天天都扎我刺我，我早已觉得自己遍体鳞伤。我夜夜诅咒她为什么还不死。为什么要这样折磨我。好几次我都想把她掐死。因为她再不死，我也撑不下去了。你说，我过着这样的生活，我还能对她有爱吗？我比你强吗？你只是在怀念中心痛而已，而我呢？从精神到肉体，无一处不痛。这样的痛苦你才是无法体会的。幸亏她还有点良心，死了。否则，今天你根本无法认识我，因为，我多半已经先她而死了。

  陈福民的声音激烈而急促。他拿着酒杯的手一直抖着。瑶琴从来就没有见他这样过，心里不由得生出怜惜。瑶琴想，他是好可怜哪。瑶琴伸出自己的手，将陈福民的手紧紧地握着。在她温热的手掌中，陈福民慢慢平静。他的手不再抖动。他享受着瑶琴的手温。

陈福民说,你知道吗,我多想好好地过日子。多想有一个我喜欢的女人,一个不给我带来负担的女人,就像你一样,安安静静地陪着我,让我浑身轻松地过好每一天。所以,我希望我们两个再重新开始,行不行?我一直没办法忘掉你,我好想重新来过,行不行?

那是一定的。为了他们共同的号哭和泪水,为了他们共同的灾难和痛苦,为了他们共同有过的漫长而孤独的十年,那是一定的。瑶琴想。

瑶琴说,今天在我那儿吃晚饭吧。还是我买菜,还是你下厨。

十

瑶琴和陈福民又走到了一起。他们所拥有的同一场灾难突然使他们的生活多出了激情。瑶琴想,就把留给杨景国的位置换上陈福民吧。

秋天过去了,冬天又来了。

陈福民每天都到瑶琴这边来。因为下课晚,路又远,陈福民到家时天多半都黑了,做菜的事也慢慢地归了瑶琴。陈福民吃过饭,一边剔牙一边看电视,高兴的时候便会说这样才是人过的日子呀。到了晚上十点半,陈福民还是得赶回他自己的住所。他要改作业以及备课。有时候,会有几个同事见他的灯亮了,便奔他这里打麻将。都说他这里最自由,身心都可以无拘无束。这些人全都忘了他受难的时候。陈福民便也跟着打打,打到夜里两三点,送走了人,他再睡觉。一觉可以睡到七点半起床。八点半上班,从从容容。比起他的从前,陈福民觉得这样的日子真是再好不过了。

陈福民每月十号发工资,但他从来也没有拿给瑶琴。陈福民觉得瑶琴虽然下了岗,可她的家境颇好,犯不着要他那几个钱。瑶琴也不能说什么,因为他们还没有结婚。可是每天买菜的钱都是瑶琴的。瑶琴没有工作,下岗给的一点生活费当然不够两个人吃。瑶琴开始动用自己的积蓄。瑶琴的妈知道了这事,骂瑶琴说你疯了,找男人是要他来养你,你怎么还贴他呢?你得找他要哇。瑶琴有些窝囊,说他没那个自觉性拿钱出来,我难道硬要?瑶琴的妈有些愤然不平。不小心就说,真不如杨景国。杨景国跟你谈恋爱没几天,就把工资全都交给你了。说得瑶琴鼻子一酸,心道,你才知道?谁能比得上景国呢?但瑶琴嘴上却这样对她的妈说,你们都要我忘了杨景国,可是你为什么还要提他呢?瑶琴的妈自知失言,赶紧拍打了一下自己的嘴巴。

瑶琴的妈有个学生开了家图书超市。瑶琴的妈不顾自己曾是校长的身份,亲自登门央求,希望学生能安排一下瑶琴。学生年少时见过瑶琴,也听过瑶琴的故事,曾经为瑶琴的痴情热泪盈眶。一听校长介绍的人是瑶琴,立即把他已经聘用好的人开除了一个,然后录用了瑶琴。

这样瑶琴又成了早出晚归的上班一族。

陈福民说,干吗还要上这个班呢?你又不是钱不够用。瑶琴说,你以为我那点生活费可以过日子?陈福民说,你有爹妈呀,他们挣下的钱不给你又留着干什么?瑶琴说,你这话说得好笑,我有手有脚,凭什么找我爹妈这么老的人要钱?亏你说得出口。陈福民说,你要上班了,晚饭谁做?瑶琴说,谁先回来谁做。

瑶琴说过这话后,陈福民回来得更晚了。瑶琴六点半到家,而陈福民每天都是七点半左右才回来。比他平常晚了一个小时。这一个小时瑶琴刚好可以把饭菜做完。陈福民回来就上餐桌。陈福民解释说,要给差生补功课,一个小时好几十块哩。陈福民嘴上说到了钱,却仍然没有拿出一分。瑶琴心里不自在,但也忍下了,心想这就是男人哪。

　　有一天,图书超市做活动加了班,瑶琴回家时八点都过了。开门后见陈福民脸色不悦地坐在沙发上看电视,见瑶琴也没有作声。瑶琴说,你吃过饭了吗?陈福民说,吃过。瑶琴说,你回来做的?陈福民说,我回来都已经累得半死了,哪还有劲做饭?瑶琴说,那你吃的什么?陈福民说,我把冰箱里的一点剩饭剩菜混在一起炒了一碗油炒饭。刚好够我一个人吃。瑶琴说,那我呢?陈福民说,我能把我自己顾上就不错了,谁让你下班这么晚?瑶琴心里好一阵不愉快。但她没说什么,自己泡了碗方便面,随便吃过了事。

　　这天晚上,瑶琴情绪蓦然间低落下来。陈福民倒是没事一样,缠着瑶琴亲热了一番,到十点半便赶回学校。

　　陈福民走时,瑶琴突然说,我现在也上班了,以后也很难顾得上你的晚餐。你要是来,就吃过饭再来,或者干脆星期五再过来。陈福民怔了,他站在门边,没有动。仿佛想了想,陈福民说,你不高兴了?瑶琴说,谈不上,我只不过觉得好累。陈福民说,你要是觉得累,就直说呀,以后晚饭我做就是了。不就是这点小事吗?

　　陈福民走后,瑶琴躺在床上,好久睡不着;瑶琴想,激情这东西是纸做的,烧起来火头很旺,灭下去来得也很容易。一日日琐碎的生活仿佛都带着水分，不必刻意在火头上浇水，那些水分悄然之间就浸湿了纸，灭掉了火。

第二天。瑶琴到家时，陈福民还没回来。瑶琴还是自己做饭。菜差不多炒好了，陈福民进了门。陈福民说，不是说好了我回来做的吗？瑶琴说，我回都回了，还坐在那里干等？陈福民说，这是你自己主动做的哟，到时候别又怪我。瑶琴说，我怪你和不怪你又有什么差别。

瑶琴说完，突然觉得自己半点胃口都没有了。她摆好桌子，进到卧室里。她心里好躁乱，她浑身火烧火燎的，血管淌着的仿佛不是血而是火。她想跺脚了，想骂人了，想揪自己的头发了，又有些想要砸东西了。她不知道自己为什么会这样。她不知道这份躁乱由何而起。她也不知道怎样才能让自己安定下来。瑶琴在屋里困兽一样转了几个小圈。她想起以前她一旦为什么事烦乱时，杨景国总是搂她在怀里，安慰她，劝导她。她不由得打开箱子，拿出杨景国的照片，贴在胸口，仿佛感受着杨景国的拥抱。瑶琴哀道，景国，帮帮我。你来帮帮我呀。

有一股凉意触到了瑶琴胸前的皮肤。慢慢地，它向心里渗透。一点一点，进到了瑶琴的心中。仿佛有一张小小的嘴，一口一口地吃着流窜在瑶琴周身的火头。瑶琴坐了下来，她开始平静。她看到了窗外的树。树叶在暗夜中看不清颜色，被月光照着的几片，泛着淡淡的白光。对面楼栋的窗口，透出明亮的灯光。窗框新抹过红漆，嵌在那灯火中。一个女人趴在窗口跟楼下人说话，就像是一幅风景。瑶琴想，其实什么事也没有哇。其实我是好好的呀。景国，我给你找麻烦了。

陈福民盛好了饭，走到门口。陈福民说，吃饭吧。怎么跑掉了呢？说话间，他看到了贴在瑶琴胸前的照片。他走了过去。从瑶琴胸前抽出照片，拿在手上看了看说，他就是杨景国？瑶琴说，是。陈福民又看了几眼，似乎在忍着什么。好一会儿，他将照片轻轻放在床上，走了。走到门外，回头说了一句，你不把他忘掉我们两个是没法过日子的。

吃饭时，陈福民一直没有说话。他的心像是很重，不时地吐着气。饭后，他没有看电视，也没有告辞，便走了。瑶琴听到门的"哐"声，她知道，她本已走向陈福民的心，又慢慢地回转了。她回转到杨景国那里。只有那里才让她有归宿之感。瑶琴想，真的，好久没有去看杨景国了。

第二天瑶琴跟老板请假，说是家里有点事情，需要提前走。老板也就是瑶琴妈的学生说，要去哪里？需不需要我开车送？瑶琴说，不用了，我去东郊，那地方得自己去。老板说，是去松山？看你的……瑶琴点了点头。老板默然不语，好半天才说，你现在还去看他？都多少年了？瑶琴说，十年了。不去看心里就堵。老板说，每个月都去？瑶琴说，是的。老板说，以后每个月我都专门批你一天假，让你从容去，别这么赶忙。瑶琴心下好是感激，说谢谢老板了；老板说，你男朋友虽然死了，可他是个幸福的人。瑶琴苦笑笑说，我宁愿他少一点幸福，但是还活着。老板说，可是你知道吗？当你深爱的人背叛你时，你会觉得生不如死。瑶琴说，是吗？瑶琴走到了车站。有人叫她，声音响亮而熟悉。瑶琴心里蹦出"张三勇"三个字，回头一看，果然是他。

张三勇说，我正想去找你，扭过头就刚好看到你了，你说巧不巧？你去哪？瑶琴说，去东郊。张三勇张大了嘴，说你还去看杨景国呀？瑶琴说，怎么能不去？张三勇伸手摸了一下瑶琴的额。瑶琴吓一跳,伸手打开他的手。张三勇说,我想看看你是不是个人。瑶琴说,真是屁话。张三勇说,你如果到别处去,我就陪你。你去那儿,我就不陪了。我最讨厌那个家伙。瑶琴说,我又没让你陪。不过,他不讨厌你。他说要不是你,他不会跟我在一起。张三勇叹道,唉,想起来都怪我。我那一拳头,害杀多少人。要不然,我早跟你结了婚,你也不会像今天一样,一个人守间空屋过日子。我也不会随便找个人,结了还是离掉,成了一个孤家寡人。杨景国不跟你也不会睡在松山上。我的那个悔呀,看我脸色,发青吧,都是悔青的。如果……瑶琴说,车来了,我走了。

瑶琴疾疾地跳上车,她不想再听张三勇说下去。因为这些话,于她没有任何意义。世界上的事没有什么"如果"好讲。难道跟你张三勇结了婚,这三个人的日子就会变得更好吗?谁能保证你不会离婚?谁能保证她瑶琴不是独守空房?谁能保证杨景国在这个"如果"里活过了,却没有死于另一个"如果"里?人这一生,一讲如果,就虚得厉害了。世界这么大,这么乱,这么百变,一个人在这世上活,还不跟盲人摸象一样?碰上了什么,就是什么。

尚是早春。山上的树都没有绿,草也黄着面孔趴在地上。曾经下过雪,雪化时有人踩过,草皮上满是干透的泥泞。瑶琴蹲在杨景国的墓前。瑶琴觉得她完全看得见杨景国。杨景国正全神贯注地等着听她说话,听她倾诉她所有的心事,她的痛苦和欢乐,她的忧伤和愤怒。杨景国是一个最好的听众。他从来不打断她的话。他总能用耐心的眼光望着她。他深情的目光,可以化解她心中的一切。如果她痛苦,这痛苦就会像雪一样化掉,如果她快乐，这快乐就会放射出光芒来。除了杨景国，谁又可以做这一切呢？

瑶琴说话了。她的声音在早春的黄昏中抖着。瑶琴说她是一个可恶的人。她险些想让别人来替代她的杨景国。她甚至想为了那个人去努力地忘掉杨景国。她要把杨景国埋在记忆深处，只在夜深人静里悄悄地想念他。但是现在，她明白了，杨景国是没有人可以替代的。而她的心里除了杨景国也不可能再容下别的人。瑶琴说，我今天就要在这里，把这些话明明白白地说出来。我要说给你听。你听到了吗？听到了就回答我一声。

四周很空旷。因为无风，没有树枝摇摆。瑶琴的声音就是风，穿行在扶疏的杂木中。仿佛把它们吹动了。仿佛让它们的枝条起舞了。仿佛从舞动中传出了声音。很天籁的声音。这当然就是杨景国的回答。

瑶琴到家时，比平常又晚了许久。这天陈福民做好了饭。陈福民盯着进门的瑶琴说，是去东郊了吗？瑶琴说，没有，今天加班。说完，瑶琴想，我为什么要说这个谎呢？

十一

瑶琴的妈终于又找瑶琴说结婚的事了。瑶琴的妈说，五中校长专门找过她。是陈福民让她去找的。陈福民想结婚，可又怕跟你说时会碰钉子，自讨个没趣。便有些胆怯。想请老人出面做主。瑶琴的妈说，你难道还要像小年轻那样谈恋爱？闹也闹过了，和也和好了。住也住在了一起，不结婚还想干什么？瑶琴说，不干什么。结了婚又能干什么？瑶琴的妈说，既然结不结婚都差不多，那就结吧。我和你爸真是看不下去了。人生不就这么回事？哪里需要人去想这想那？如果什么事都由得人想好了再去做，做出的什么事又都合自己的意，那人生又有什么趣味。就算选错了人，又有什么打紧，一辈子还不是要过？一百个女人结婚后会有九十九个半觉得自己选错了人。你不是选错了这个，就是选错了那个，总归都是个错。既然如此，不如就选眼前这个算了，免得浪费时间。决定一件事都像你这样白天想完夜晚想，猿猴到今天还没变成人哩。

瑶琴的妈大大唠叨了一通后走了。瑶琴回头细细想她说过的话，觉得她妈讲得还蛮有道理。既然结婚跟不结婚都差不多，既然选错了人一辈子也还是要过，既然两个人过仍觉寂寞，一个人过也是孤独，何不就这么算了？

晚上，陈福民来时，瑶琴就盯着他。陈福民说，你盯着我干什么？你让我心里发慌哩。瑶琴说，你托人找我妈了？陈福民说，你妈来过了？你怎么想？瑶琴便把她妈的话复述了一遍。

陈福民的目光散漫着，仿佛瑶琴说的是一件比洗碗更加随便的事情。瑶琴说，你是什么意思？是你要她来说的，你怎么又这样？陈福民说，我只想听你的意见，并不想听你妈说了什么。瑶琴噎住了。她是什么意见呢？瑶琴觉得自己还没有想好。可她转念又想，如果想好了她又会是什么样的结论呢？这结论就会是陈福民以及她妈她爸所满意的吗？

陈福民似乎看透了她。陈福民说，你还没想好对不对？或者说你还在想着那个死人对不对？瑶琴说，你怎么这么多废话。你要结就结好了。我没意见。陈福民说，你也别太低看了我。瑶琴说，什么意思？陈福民说，我需要婚姻，但我也要爱情。没有爱情的婚姻，我不想要。瑶琴说，是吗？陈福民说，可是我到现在还不知道你到底爱不爱我。我不确切你是不是心里需要杨景国，肉体需要我。我是一个贪心的男人。我两个都想要。要你的肉体更要你的心，如果你只给我一样，那还不如我去伺候一个不会说话不会思考的病人，然后去找发廊小姐发泄一下。瑶琴说，两个人在一起过日子，没有爱情，但有平静的生活，就不行吗？陈福民说，也许行吧。不过我还是要跟你说，我已经有过十年痛苦不堪的生活，现在我需要至少十年的幸福来弥补。是不是有点可笑？瑶琴说，是这样啊。陈福民说，结婚吧，爱我十年，行不行？十年后，你不想爱了，我就由你。瑶琴淡然一笑，说，十年吗？如果我们结婚，至少有三十年过头，我在后十年爱你，不也行吗？你要的只是十年。陈福民怔了怔，笑了，说，想不到你还有这一手。瑶琴说，本来我也是不太想结婚的。可是现在我觉得结婚和不结婚并没有什么大的区别，所以就觉得结了也行。陈福民说，是不是有点破罐子破摔？瑶琴想了想才说，可能有点，但也不全是这样。

陈福民于是沉默。说，既然你这么说，我倒愿意再等等，等到你死心塌地爱上我，离不开我，我再跟你结婚。瑶琴说，也行。说完，瑶琴想，死心塌地地爱你？离不开你？这可能吗？你当我才十八岁，什么事都没遇到过？

躺在床上的时候，陈福民附在瑶琴的耳边说，其实我心目中的所谓爱，也只是想要你忘掉杨景国。不要让我在抱你的时候，能闻到他身上的气息。瑶琴说，瞎说什么。陈福民说，你不信，你身上，我总能闻到一股湿湿的气味，像是刚从雾水里钻出来。那不是你的气味，是他的。我知道。

瑶琴心里"咯噔咯噔"地猛跳了许久。这天夜里，她果然又看到杨景国从雾气浓浓的河岸走了出来。

结婚的事暂时放下不说了,生活就变得有些闷闷的。

陈福民晚上有时来,有时没来。不来时,他会打电话,或说是给学生补课,或说是有朋友在他那里打麻将。每个周末陈福民倒是必到的。陈福民说周末如果不跟女人一起过,就觉得这世上只剩下自己一个人,清冷得受不住。一到星期五,瑶琴就会去买一些菜,等陈福民回来做。瑶琴有了工资,陈福民就更不提钱的事了。瑶琴也懒得提,想想无非就是一天一顿饭而已。

陈福民有时候很想浪漫一下,比方去舞厅跳跳舞,或者去看看电影。瑶琴都拒绝了。瑶琴说,当你才二十岁?陈福民说,四十岁就不是人了?瑶琴说,当然是人,但是是大人。大人不需要那些小儿科。陈福民说,未必大人的日子就是厨房和卧室?瑶琴说,当然不是。大人有大富人和大穷人之分。如果是大富人,就可以坐着飞机,天南海北地享受生活,今天在海岛,明天在雪山。如果是大穷人,对不起,能有厨房和卧室已经是不错的了。陈福民说,什么逻辑。富人有富人的玩法,穷人也有穷人的玩法呀。瑶琴说,好,穷人的玩法就是去跳舞,去看电影。舞厅门票三十块钱一张,两个人六十块,电影票二十五一张,两个人五十块,是你掏钱还是我掏钱?陈福民顿时无话。瑶琴心里冷笑道,一毛不拔,还想浪漫?这种浪漫谁要哇。陈福民说,既然话说到这地步,那就待在家里聊天吧。聊天的内容多无主题。东一句西一句的,有些散漫又有些恍惚。陈福民喜欢说他学校的事,说得最多的是他的学生出洋相的故事。甚至有时还说至少有三个女生暗恋他。瑶琴则说又到了什么新书。哪一本书其实很臭,却卖得特别好,哪本书明明很好却卖不动。

墙上的钟便在他们零散的聊天中，嘀嘀嗒嗒地往前走。有时走得好快，有时又走得很慢。遇到好看的电视时，两个人都不讲话了，一起看电视。瑶琴蜷坐在沙发上，陈福民便坐在她的旁边。有时候，陈福民伸出手臂，搂着她一起看，像一对十分恩爱的情侣。瑶琴不太习惯，但也没有抗拒。

倚着陈福民时，瑶琴仿佛觉得自己心里一直在寻找着什么。她嘴上跟陈福民说着话，眼睛望着电视机，身体内却另有一种东西像海葵一样伸出许多的触角四处寻找着。尽管陈福民的鼻息就在耳边，可每一次的寻找又似乎都是一无所获。空空的归来让瑶琴的心里也是空空的，不像跟杨景国在一起的感觉。常常，瑶琴的空荡荡的目光会让陈福民觉察到。陈福民会带有一点醋意地说，怎么？又想起了杨景国？你能不能现实一点。

有一天陈福民打电话说，他晚上有事，不能回来。瑶琴就一个人做饭吃。刚吃完，就有人敲门。瑶琴觉得可能陈福民事情办完又回来了，上前开门时便说，不是说不回来吗？门打开后，发现站在那里的是张三勇。瑶琴呆了一下。

张三勇说，怎么，以为是别人？瑶琴说，是呀。怎么也不会想到是你呀。张三勇没有等瑶琴让进，就自动走了进来，自动地坐在沙发上，自动地在茶几下找出烟缸，然后自己点燃了烟。那神态就好像他仍然是瑶琴的男朋友一样。

瑶琴说，你找我有事？张三勇说，我要有事还找你？我就是没事才找你。因为我晓得你也是个没事的人。瑶琴说，你又自作聪明了。你什么都不晓得。张三勇说，前些时我见你去看杨景国，我就晓得你还是跟以前一样，什么都没有变。我想，上天给我机会了。上天晓得我们两个是有缘的。瑶琴说，我警告你张三勇，你不可胡说八道，我看你是老同事的面子，让你老老实实在这里坐一下，抽了这根烟，你就赶紧走人。张三勇说，瑶琴，何必这么生分，我们也恋爱过那么久，抱也抱过，亲也亲过，就差没上床了。你放松一点行不行？我又没打算今天来强奸你。瑶琴说，你要再说得邪门，就马上给我走。张三勇说，好好好。我来看你，是关心你，怕你寂寞。瑶琴说，我一点也不寂寞。张三勇说，鸭子死了嘴巴硬。瑶琴说，我懒得跟你讲话，你抽完烟就走吧。瑶琴说着，自顾自地到厨房洗碗去了。外面下雨了，瑶琴从厨房的窗口看到树在晃，雨点也扑打了上来。瑶琴说，下雨了，你早点回吧。张三勇说，我回去了，你是一个人，我也是一个人。我不回去，两个人还可以说说话。我在屋里养了几条热带鱼，我一回家，就只看到它们是活的。

张三勇说话间，门又被敲响了。厨房里的瑶琴没有听见，但张三勇听见了。张三勇说着话，上前开门。进来的是陈福民。张三勇说，你找谁？陈福民说，你是什么人？张三勇说，我是这家的男主人。陈福民说，有这种事？

瑶琴闻声从厨房出来。陈福民说，这是怎么回事？瑶琴说，哦，他是我在机械厂的同事，今天来看我的。陈福民说，这么简单？张三勇说，也不是那么简单啦。在杨景国以前，我们两人死去活来恋爱过一场，差点就结婚了，结果，杨景国那个王八蛋把我们拆散了。得亏他死了，要不然我落这份儿上时，也饶不了他。瑶琴说，你瞎说什么呀。借你一把伞，赶紧回去吧。张三勇说，你还没告诉我，他是什么人。陈福民说，我才是这里的男主人，现在是我跟瑶琴死去活来地恋爱，没你什么事。张三勇当即就叫了起来，你又找了男人？那你三天两头去看杨景国干什么？

瑶琴说，走走走，你赶紧走吧。

　　张三勇走后，陈福民坐在他曾经坐过的地方。茶几上还放着张三勇的烟。陈福民用着他拿出来的烟缸，也抽起了烟。抽得闷闷的，吐烟的时候像是在吐气。瑶琴说，不是看到烟就想呕吗？陈福民没说话。抽完一支烟，陈福民说，一个杨景国就够我受的了，这又冒出一个来。比杨景国资格还老，而且还是活的。这叫我怎么吃得消？他叫什么？瑶琴说，张三勇。陈福民说，他真的就是来看你的？怎么拿这里当自己家一样？瑶琴说，他就那么个德行，我能怎么办？陈福民说，他来干什么？瑶琴说，他跟他老婆离了，也许想找我恢复以前的关系。不过这不可能。陈福民说，为什么不可能。你们以前也好过。轻车熟路，可能性太大了。瑶琴说，你希望这样？陈福民说，不关我的事。你要想跟他重归于好，我也是挡不住的。你一心想着杨景国，我挡住了吗？瑶琴说，张三勇跟杨景国是完全不同的。张三勇在我眼里只是一个浑蛋而已。陈福民说，好女人最容易被浑蛋勾走。瑶琴说，那你也算吗？陈福民想了想，哈哈地笑了起来。笑完说，大概也算浑蛋一个。说得瑶琴也笑了起来。

　　陈福民说，他说你三天两头到杨景国那里去？瑶琴说，哪里有三天两头。陈福民说，反正常去？瑶琴说，只是习惯了。有什么事就想去那里坐坐。陈福民说，去诉苦？去那里哭？去表达你的思念之情？瑶琴说，其实只不过到那里坐一会儿，心里就安了。陈福民说，不能不去？你不能总这样啊。瑶琴没有作声。陈福民说，你要到什么时候才能明白？他已经死了。而你还活着。你们俩是无法沟通的。你应该把感情放在活着的人身上。瑶琴说，你也可以到你前妻的墓前去哭哇。这样我们就扯平了。陈福民说，你这是什么话?！再说我为什么要哭她？我对她早就没有眼泪了。我后来的眼泪都是为自己流的。

　　瑶琴努力让自己想起曾经躺倒在杨景国旁边的那个女人的样子，但她怎么都想不起来。她只记得她仰在那里，满面是血。只记得一个男人在号哭。其实瑶琴也知道，那时她自己全部的心思都扑在杨景国身上，她在听杨景国最后的声音，在看杨景国最后的微笑。她并没有太留意与他同时摔倒的女人。那女人在她的印象里只有一个轮廓。她被撞惨了。她即将成为植物人了。她开始折磨爱过她也被她爱过的人了。于是她就被那个哭她的男人恨之入骨。

　　陈福民说，不要怪我没有提醒你。以后你不要再去了，否则……瑶琴说，否则又怎么样？陈福民说，我也不知道怎么样，我想我会……把他的墓给平了。瑶琴吓了一跳。瑶琴说，你疯了。陈福民说，那你就别让我疯掉哇。你不去，我就不会去。

　　连着两个晚上，瑶琴都梦到杨景国。他站在一个陷下去的土坑里，耸着肩望着她，一副吊死鬼的样子。瑶琴惊道，你怎么啦你怎么啦？杨景国愁眉苦脸着，什么也不说。瑶琴每每在这时醒来。瑶琴想，难道杨景国的墓真被挖了。

　　第三天，瑶琴一大早便请了假。瑶琴紧紧张张赶到东郊的松山上。瑶琴想，如果陈福民真的平了杨景国的墓那该怎么办？陈福民真敢做这样的龌龊事吗？他要真做了，我应该怎么办？我要杀了他吗？瑶琴想时，就有一种悲愤的感觉。山上一片安静，杂木上的露珠还没落尽。杨景国的墓跟以前一样，也是静静的。瑶琴绕着杨景国的墓走了一圈。然后呆站了片刻，她没有烧香，只是低声说了一句，以后你自己照顾好自己，我以后恐怕会很难来了。然后就下山了。她有些落寞,走时一步三回头,仿佛自己一去不返。

这天瑶琴主动告诉陈福民,说她去了杨景国的墓地。她去做了一个了断。她告诉杨景国,以后她不会去看他了,让他自己照顾自己。她说时,不知道什么缘故,眼泪一直往外涌。她努力克制着泪水,可是它们还是流了下来。陈福民有些不忍,搂她到胸口。瑶琴贴在陈福民的胸口上,感觉着他的温暖。这毕竟是与杨景国不同的温暖哪。她的哭声更猛了。陈福民长叹了一口气说,结婚吧,管你爱不爱我,我们结婚吧。

十二

事情就这样定下来了。瑶琴想想,有时做一个决定也很简单。虽然它并不是你最想要的。可是一个人如果总是能得到他最想要的东西,那么这个人必须是一个怎样幸运的人呢?

新容听说瑶琴要结婚了,连忙跑过来。新容说,听到这个消息,张三勇气得半死,一口气喝了一斤酒。可我好高兴。你要不要我当你的伴娘?瑶琴说,你以为我会像年轻人那样大操办吗?新容说,为什么不可以?一个人一辈子就这么一回,而你又跟别人不一样。你的婚姻来得多不容易呀。厂里好多人都想送礼哩。瑶琴说,去告诉他们,免了吧。如果是跟杨景国结婚,我就照单全收,可惜不是。所以,我结这个婚也不是特别开心。我一样礼都不想要。新容说,你怎么能这样想呢?你心里只想着杨景国对不对?那你就只当是跟杨景国结婚哪。只当杨景国出门了十年,现在回来跟你结婚了。你这样想,你就会开开心心的呀。当然,这是放在你自己心里的事,你不必说出来就是了。

瑶琴被新容说愣住了。瑶琴想,哦,我可以只当是跟杨景国结婚吗?

瑶琴果然试想着自己将要同杨景国结婚。试想了几回,她便找到了一点点感觉。当初她和杨景国为了买新房的东西,提前跑过许多商场,早早就把要买的什么都看了一遍,只等拿房钥匙,就开始采购。现在,她可以接着那个时候来做这一切了。

陈福民原想让他的住所成为新房。可是瑶琴想想他前妻以前在那里住了九年半,幻觉中就出现她卧在床上病气深重瘦骨嶙峋的样子,便有不寒而栗感。瑶琴觉得自己连进那扇门的勇气都没有。瑶琴对陈福民建议还是以她这边为主。瑶琴说两人都不富裕。她这边的东西齐全一点儿,就可以少花许多钱。陈福民想想觉得她说得有理。再又想自己另有一处房子独归自己,真有什么事,还有一个退路,反而更好,便依了她。陈福民这样想过后,就觉得婚事对于他来说简单多了。因为瑶琴的房间怎么布置,瑶琴是一定会按自己的主意的。他说了也不算数,索性不管,少一桩事,又何乐不为。

瑶琴每天下了班,都去商场打转。看到合适的东西,她就买回来。瑶琴的妈说瑶琴结婚不容易,给了瑶琴三万块钱,叫她把家里的旧东西都换新,并且买东西无论如何要按自己的心意去买,买好的。瑶琴把这话告诉陈福民时,陈福民说,还是实际一点吧。我们又不需要赶时髦。瑶琴说,那彩电和冰箱,就由你出钱买,好不好?陈福民说,喂,最贵的东西都让我来买呀。那我就把我家的搬过来好了。瑶琴说,歇着吧,我才不用你老婆用过的哩。我买就是了。陈福民说,你买就你买。你妈给的三万块钱,我看也足够我们买的了。瑶琴没作声。陈福民说,你没生气吧？你要是生气了，那就我来买。瑶琴说，我没生气。

瑶琴说完想，我生什么气。新容都跟我说了。我当是跟杨景国结婚哩。又不是跟你结婚，你买不买才不关我的事哩。

于是瑶琴再也懒得跟陈福民说谁买什么和不买什么了。她全部都一手包办下来。忙着忙着，瑶琴就忙得亢奋起来。十年来的抑郁都被这忙所驱除。瑶琴的脸上泛着红光。走进宿舍时，常有熟人笑道，瑶琴，看了你就晓得，人还是要结婚哪。你看这些日子你越来越漂亮。瑶琴便笑。熟人又说，真的好久没看你这样笑过了，开心得就像你跟杨景国在一起时一模一样。

周末的时候，陈福民也过来帮忙。

瑶琴的屋子全部换了新的墙纸。墙纸泛着一点淡米色。瑶琴说，当初我和杨景国两个人去看墙纸时，一眼就看中了这种样式的。窗帘很厚重，是黄底印花的。瑶琴说，杨景国说这款窗帘配我们的墙纸特别协调，我比了一下，果然是这样。顶上的吊灯也换了。古色古香的一款。瑶琴说，我先看中的是一款很洋气的，可是杨景国特别喜欢这样的。我左看右看，觉得还是他的眼光比我高。床罩是上海货。杨景国特别喜欢上海的东西。他什么东西都喜欢买上海的。他说上海人精细，做东西讲究。

陈福民本来看到新房布置得很像一回事，也蛮高兴的。可是瑶琴左一口杨景国，右一口杨景国，说得那么如意自然，心里一下子就阴暗了下来。陈福民终于忍不住打断瑶琴的话。陈福民说，喂，你是不是以为你跟杨景国结婚？

瑶琴吓了一跳，她这才突然意识到，她已经把心里的内容在不经意间流露了出来。

这天，陈福民连晚饭都没有吃，就走了。一连几天，陈福民都没有露面，也没有打电话过来。瑶琴想，难道就这样了？

想过，瑶琴就给陈福民打了一个电话。瑶琴说，你要怎么样？陈福民说，没什么呀，我只是在想事。瑶琴说，想什么？结婚还是不结婚吗？陈福民说，怎么会？我当然要跟你结婚。我都说过了，不管你爱不爱我，我都要跟你结婚。瑶琴说，那你还想什么？陈福民说，为什么这么多年你都忘记不了杨景国，他是一个什么样的人呢？瑶琴说，那你就不要想了。陈福民说，我不想不行。因为他挡了我的幸福。瑶琴说，那我就告诉你，他是天底下最好的人。陈福民说，是吗？听你这么一说，我还真不服气哩。瑶琴说，服不服气也就这么回事。他都死了，你又何必在意？陈福民说，我不明白的就是，他都死十年了，还让我这么不舒服。张三勇还活着，可你看我有没有半点介意他？瑶琴说，你有毛病啊！瑶琴说完，挂掉了电话。

晚上，瑶琴一个人坐在屋子里呆想。世界上的事让人不明白的多着哩，你还能每一件都弄清？想着一个死去的人难道不比想着一个活着的人要好些吗？

十三

结婚没有打算挑选吉日。结婚的日子是瑶琴和陈福民两人商定的。学校暑假开始那天，他们就举办婚礼，然后出门旅行去。这一次他们计划去云南。听人说，那边的风景特别好。可以看到草原和雪山。陈福民说，去把灵魂洗一洗，洗干净好过一种全新的日子。陈福民总能说出很漂亮的话，这是杨景国说不出来的。杨景国总能做出很漂亮的事，却没见陈福民做出什么。瑶琴心里永远这么着比较他们两人。

婚期不远了，陈福民却突然就忙了起来，有时一连几天都没空到瑶琴这边来。偶尔他会打个电话。电话里说些奇怪的事。有一回，陈福民打电话说他正在茶馆里，然后叫瑶琴猜他和谁在一起喝茶。瑶琴当然猜不出来。陈福民就说是和张三勇。瑶琴怎么也想不通，陈福民怎么会跟张三勇坐在一起喝茶。又一回，陈福民打来电话，告诉瑶琴他在与吴望远聊天。瑶琴只觉得吴望远这个名字很熟，却怎么也想不起来他是什么人。好多天后，才记起，杨景国有个大学同学就叫吴望远。还有一回，陈福民说他在乡下。乡下正刮着风。陈福民让瑶琴通过电话听那里的风声，然后说，你能闻出这风里的气息吗？

瑶琴闹不懂他在做什么。瑶琴想，管你做什么，不管我的事。星期六的时候，陈福民来了。手上拎了只鸡，还拿了一根擀面棍。瑶琴说，太阳从西边升起了，怎么想起来买鸡呢？陈福民说，讨好老婆呀。瑶琴说，怎么这么粗一根擀面棍？陈福民说，是学校看门老头儿送给我的。说这木头沉实，擀饺子擀面条都特别衬手。那老头是东北人。瑶琴说，这擀面棍真打得死人哩。陈福民说，居家过日子，这东西特实在。

瑶琴和陈福民说好星期天一起去照婚纱照。瑶琴的妈要瑶琴无论如何都要去买一套婚纱。瑶琴觉得人一辈子就穿这么一回，照相时借一下就行。而婚礼穿件旗袍就好了。瑶琴的妈说，就因为人生只穿一回，难道你还要穿件无数人都穿过的脏兮兮的婚纱？瑶琴一想也是。没准陈福民老婆十年前也穿过的。想过，她就约着新容一起上了街。跑了好几家婚纱店，挑来挑去。总算挑了件满意的，新容说，酷毙了。还说现在年轻人都是这样用形容词。但陈福民却不是那么高兴。陈福民说，我真不晓得你只赚这么几个钱,却能拿钱不当钱。瑶琴说,我又没让你买,这是我妈给的钱哪。陈福民说,就算是你妈给的钱,也应该省着用。老话说,好钢用在刀刃上啊。瑶琴说,结婚不是刀刃,什么事是刀刃?陈福民说,比方哪天生病啊什么的,你又没有公费医疗。瑶琴说,你可真会说话。陈福民说,我的话都跟那擀面棍一样,实在得很。

照相的费用要一千块。价格贵得令瑶琴和陈福民都感到意外。瑶琴说,还照不照?陈福民说,看你的意思。瑶琴说,我没带够钱。陈福民说,我也没带够。瑶琴心想到现在为止,我几乎就没花过你的钱哩。想过心里就有些不悦。瑶琴说,那就算了吧。陈福民说,是你说算了的,到时候不要怪我。瑶琴说,我什么时候说要怪你的?

本来两个人准备照完相后,去看一场电影。瑶琴一下子没了情绪。瑶琴揶揄道,看一场电影两个人要花五十块钱,还是省了吧,以后可以用来看病。陈福民说,这个钱我来出好不好?免得你觉得我这个人小气。瑶琴说,我看还是算了吧。小气又不是什么大毛病。

于是两个人白出门一趟,什么事也没干就回了。星期天的气氛因为这趟白出门的经历一下子阴郁起来。瑶琴回来便往床上一躺。天花板上立即浮出杨景国的脸庞。杨景国忧郁地望着瑶琴。杨景国对瑶琴说,你什么都不用管,你只管当你的新娘子,所有的事都交给我。我的钱就是你的钱。我是你的奴隶也是你的管家。杨景国当年跟瑶琴说话的样子历历在目。

陈福民开始在厨房做饭。陈福民大声说,结婚时肯定会很累,婚前要好好补一补。今天我做辣子鸡和肉末蛋羹给你吃。这只鸡是真正的土鸡，比肉鸡贵多了。是我特意买给你的。

　　瑶琴没作声，她坐了起来。她新买的婚纱还放在包里。瑶琴想，婚纱照不拍也好。如果是杨景国，那就是再贵她也是要拍的。只是可惜了这套婚纱，如果结婚那天不穿的话，那就根本没机会穿它了。瑶琴在想，结婚那天到底穿婚纱还是穿旗袍呢？想了半天，她还是决定穿旗袍更好。因为她已经不再年轻。她的脸上有了皱纹。这婚纱就给自己做纪念好了。因为它的存在，自己会明白自己是一个已经结了婚的人。

　　这样想着，瑶琴便将婚纱从包里拿了出来。她打开箱子，想把婚纱放进去。打开箱盖，瑶琴一眼看到的就是杨景国的相片。包裹着照相框的羊毛衫不知道怎么松开了。杨景国的脸便露在了外面。他的目光依然忧郁，透过他黑框的眼镜和镜框的玻璃注视着瑶琴。瑶琴用手指在他的脸上抚了一下。瑶琴低语道，你没事吧？然后她把杨景国的相片放在了婚纱上。瑶琴想，对呀，我的婚纱就给你穿好了。一辈子穿在你的身上，你就会知道，你已经跟我结婚了。

　　瑶琴因了这个想法，心情变得愉快起来。但是在她的身后响了一个声音，细细的，却也是严厉的：你在干什么？！这是陈福民。

　　瑶琴想关上箱子，但来不及了。陈福民有些气急败坏。陈福民说，为什么，你总让他出现在我们之间？为什么就不能让过去的事情永远过去呢？瑶琴说，我我我……陈福民说，你不要说了。我今天就要好好地告诉你杨景国到底是个什么人。瑶琴有些讶异，说什么意思？陈福民说，别以为你了解杨景国，我现在比你更清楚知道这个人的底细。你把他当宝贝当偶像一样珍惜着崇拜着，心里把他想象得完美无缺。其实他这个人狗屁不是。瑶琴说，你瞎说什么呀。陈福民说，我一句也没有瞎说。我要救你。我要告诉你杨景国到底是什么样的人，所以我费了好多时间，找了许多认识他的人。我去过他的老家，我去过他的学校。我怕你不相信，每回都给你打过电话。现在就让我来告诉你，这个折磨了你十年的杨景国，这个让你十年来不得安宁的杨景国是个什么东西。

瑶琴有些紧张了。她并不想听这些。她只需要知道杨景国就是她心目中的那一个就够了。瑶琴说，我不要听，我不稀奇。

陈福民说，你怕了是不是？你怕我也要告诉你。杨景国的村里人说杨景国从小就阴得很。他曾经因为他五岁的妹妹吃了他的一口饭，而把她丢进水塘里想要淹死她。瑶琴说，没有的事！

陈福民说，他在学校偷校长家的油被抓住后，留校察看了一年。瑶琴声音大了一点，说，根本没有的事！

陈福民说，他后来跟他的弟弟同一个班，他的弟弟学习比他好得多，学校要培养他上北大。可是他家里只能在两兄弟中供一个人上大学。杨景国却不让他的弟弟，反而对他的父母说如果不让他上大学，他就跳河。他的弟弟只好放弃了高考，把机会让给了他。

瑶琴声音更大了，说，这是瞎编的。

陈福民说，他的心理阴暗，又自卑。想找女朋友，又怕。所以经常去女生宿舍偷窥女生洗澡，有一次还偷了女生的内衣内裤。因为这件事使他在他们系里臭名昭著。他在大学里每一年都补考。他的成绩在他们系里倒数第一。他在学校为什么找不到女朋友？因为在大家眼里，他差不多就是个流氓。

瑶琴叫了起来,你胡说!你无耻!

陈福民说,无耻的是杨景国。他到你们厂后,一眼就盯上了你,故意找你问路,把自己装成情深似海的样子,来勾引你。他的运气在于他新一轮坏事还没干时就死了,要不,真跟你结了婚,还不知道要出什么事来丢尽你的脸。

瑶琴跳了起来,她伸手打了陈福民一个嘴巴。瑶琴叫道,他死都死了,你为什么还要这么污辱他。陈福民说,因为他在这个家还没有死。他原先折磨你,现在又折磨我。我要让你清醒,要你看到你天天思念的那个完美无缺的爱人只不过是一个地道的下三烂而已!瑶琴哭了起来,瑶琴说,你以为我会相信吗?对于别人,他是流氓也好,是下三烂也好,是无耻之徒也好,那是别人的事。可是对于我来说,他就是一个完美的爱人。你再怎么污辱他,也不会动摇我对他的感情。陈福民气得拿瑶琴无奈。陈福民说,你怎么就这么糊涂呢?他不值得你这样。瑶琴依然哭着。瑶琴说,就算你是世界上最高尚的一个人,可是在我心里,他比你要值得多。

陈福民觉得自己都快气得背过气了。他没话可说。他觉得一个女人一旦愚钝了,就不可救药。陈福民说,我今天非要让你跟他彻底了断。我不要在这个家里见到这个人的任何东西。陈福民说着掀开箱子,抽出裹在婚纱里的杨景国照片,想都没想便朝地上猛然一砸。镜框立即碎了,陈福民抽出里面的相片,三两下就撕得粉碎。镜片的玻璃割破了他的手,血就滴在碎了的照片上。陈福民的动作太快了,瑶琴一时看得发呆。她觉得自己的心在那一瞬间也被砸得粉碎。而滴在碎照片上陈福民的血正是她自己的。

陈福民说，床罩是杨景国喜欢的是不是？明天换掉。窗帘是杨景国看中的是不是？明天也换。吊灯是杨景国选定的是不是，我现在就砸掉。还有墙纸，也要全部都换。凡是跟杨景国相关的任何东西，我都不要见到。我不要让这个人在我的家里有一丝气息。

瑶琴说，那我呢？我是杨景国的未婚妻。我跟他有过肌肤之亲。我还为他做过一次人工流产。你要怎么把我处置掉呢？陈福民也哭了起来。陈福民说，我爱你。我不想让这个人毁了我的幸福。我已经受不了了。瑶琴想，你以为我受得了吗？瑶琴想着，走出了卧室。她走进了厨房。鸡已经剁好了。肉末也绞了一碗。鸡蛋打了，两个蛋黄圆圆的。瑶琴把蛋打碎，然后把肉末放了进去。炉子上烧着水，水已经开了。瑶琴关了炉火。她拿起刀，刀上有剁鸡时沾上的肉渍，油腻腻的。瑶琴放了下来。她往门外走时，看到了那根擀面杖。瑶琴一伸手，就把那根擀面杖拿在了手上。

屋里好安静。发过火的陈福民显然也明白他的发火对瑶琴来说无济于事。陈福民叹着气，弯着腰清理着地上的碎片。

瑶琴站在门口。瑶琴想，我不替杨景国出这口恶气吗？我只有替杨景国出了这口气我才能跟他了断哪。瑶琴想着就举起了擀面棍。那一刻，瑶琴全身的力气都凝聚在两只手臂上。她朝着陈福民的背打了过去。

陈福民知道瑶琴在门口，他想站起来跟瑶琴说句话。他想说，你要是实在是忘不掉，那就不忘吧。让我慢慢来跟他斗。在他站起来的那一瞬，瑶琴的擀面杖已经挥了下去，正好砸在了他的头顶。陈福民脑子里什么都没来得及想，就发出一声巨响倒在了地上。他的血再一次融进了地板上的玻璃碴中。瑶琴呆掉了。躺在地上的陈福民满面鲜血,和躺在石头边满面鲜血的杨景国一模一样。

十四

新容想尽办法,通过她的警察表哥,终于在看守所见到瑶琴一面。新容哭着说,瑶琴啊,你怎么这么傻呢?你为什么要这么做呢?瑶琴面容苍白。瑶琴说,他怎么样?新容说,他现在成植物人了。在医院里。你怎么办呢?瑶琴说,帮我找个好律师,把我放出去,我要去伺候他。新容说,你这是何必呢?你怎么这样毁自己呢?瑶琴说,我要出去。不管花多少钱,你要想办法把我弄出去。

新容替瑶琴找了一个好律师。律师在法庭上陈述了瑶琴和杨景国的爱情故事。陈述了瑶琴十年来对杨景国无休无止的思念与爱。律师在讲这些时,瑶琴失声痛哭。那些往事在她的脑子里演绎着,然后渐渐地远去。律师说,我讲述这个故事,就是要告诉大家像瑶琴这样一个弱女子怎么会突然出手伤人。那正是因为伤者陈福民砸了她最心爱的人的照片。想想她十年来靠这张照片度过的每一天每一夜,大家就能理解当时她的激愤。正是因为伤者的过激行为,使她激愤得失去理智。从这个角度,她情有可原。希望法官能从轻处理。

法庭里有许多的听众。人们点着头。同情的砝码明显倾向着瑶琴。瑶琴的妈和瑶琴的爸都在哭。他们的身边的许多相识和不相识的人也纷纷掬一把眼泪。

判决终于下来了。瑶琴为过失伤人,判了三年,但也缓刑三年。瑶琴出来后家都没回便赶去了医院。

　　病床上的陈福民头上包扎着白色的纱布。他两眼闭得紧紧，嘴角亦抿得紧紧。瑶琴说，我来了。我会伺候你的。如果你不醒，我要伺候你十年。如果你醒了，我就爱你十年。瑶琴说时，泪眼婆娑。她知道她的又一种人生来临了。

　　从那天开始，瑶琴的夜里不再梦见杨景国。从河对岸的水雾中会有人走出来，深情地凝望着她。瑶琴能很清晰地看到，这个人是陈福民。

　　东郊的松山上，杨景国的墓也没有人去清理了。杂木和野草都疯长着。

　　陈福民在一个很冷的日子里突然醒了过来。他醒来时看到瑶琴，仿佛想起了什么。陈福民说，了断。

　　瑶琴说，都了断了。

《小说界》2002年第6期